我等你，直到你懂我的孤寂。

有這樣的一個人，在我短短的人生裡，佔據了長長的時間。

他打亂了我的生活，我折騰了他的世界。

我們向對方大肆宣告，在相遇的時光裡，我們彼此誰也不欠誰，

但，我們也從不讓對方知道，在這段愛情裡，我們彼此，誰比誰更愛誰。

我以為，我們是一對特別的戀人，因為我們經歷了許多分離的日子，

我以為，我們是一對特別的戀人，因為我們相愛了如此漫長的時光，

但，在生活和現實面前，我們最後仍然成為一對平凡的戀人。

人生是一場從頭到尾的進行式，結局是死亡。我的初戀，走過五千多個日子，現在仍是一場進行式，而結局會是什麼，到現在，我還猜不出來。

第一章

我站在一個極度陌生的環境裡，坐在我面前的一個女人正用我無法解讀的眼神打量著我。不過，正確地說，應該是打量著我和我的母親。那眼神裡含著太多的意思，十歲的我還解讀不出那麼多的情緒是什麼，我唯一知道的是，她看起來並不喜歡我們。

她示意坐在她身旁兩個和我年紀相仿的女孩帶我到外面去，但我並不願意，因為我非常擔心我的母親。

我十歲之前，和我一起生活的就只有媽媽，我必須保護她。但是媽媽一直在我耳邊說著安慰我的話，要我別擔心，她絕對不會有事。看著媽媽緊張卻又堅持的臉龐，我掙扎了好久好久，最後，才起身慢慢地跟著那兩個女孩出去。

一走到門外，腳步都還沒有站穩，我就被其中一個較高的女生推倒在地上。她好像在看全世界最噁心的生物一樣看著我，然後對我說：「妳和妳媽一樣噁心，不要臉，髒東西。」朝我吐了口口水後轉身就走。

口水在我臉上，熱熱的，我第一次聞到屬於現實的臭味。另一個女生站在我面前，冷淡地看我，什麼話也沒有說，就這樣一直不停地看著跌在地上的我。我們的眼神在空氣中碰撞，我開始全身戒備，氣氛緊繃了一會兒之後，她什麼也沒有做，只是冷漠地離開。我站起來拍拍身上的灰塵，擦掉臉上的口水，我並沒有哭，倒是緩緩地笑了。我來到這裡之前，曾經想像著可能會發生的各種情節，但這絕對是最差勁的一種。

這個情節像極了童話故事裡灰姑娘的遭遇。不過，媽媽對我講了那麼多的床邊故事裡，這是我最討厭的一個，我厭惡灰姑娘的逆來順受。所以，當我站起身的那一刻，我告訴我自己，我不要，也不會變成灰姑娘。

那個晚上，媽媽告訴我，她曾說爸爸在我小時候就過世的事是假的，其實我的父親還活得好好的，並且想和我相認。那一刻，我又激動又開心，就算一直覺得有媽媽就很好，但媽媽終究無法彌補父親的空位。在我想像父親的樣子時，媽媽卻告訴我，我還有個大媽，我才明白，原來我媽是外面傳說中的「小三」。

發現和自己在一起的男人早就已婚時，馬上狠下心分了手，後來卻又發現自己懷孕，因為太愛對方，只好自己把小孩生下來撫養，這樣的一個小三。

這種有線無線電視劇裡爛到不能再爛的爛梗，很遺憾地發生在我身上。

「可以不要去嗎？」從高雄要搬到台南的前一天晚上，我這樣問過母親，但看見她緊皺的眉頭和欲言又止的嘴唇，那一瞬間，我知道我無法改變什麼，媽媽深深地遺棄了我。比起在我身邊，她似乎更想去到父親的身邊。

於是，我從劉依依變成了童依依，從一個工廠女工的女兒變成了台南土財主的女兒，任誰看起來都該是值得放鞭炮慶祝的事，然而，從那家中每個人看我的眼神，卻直接證明了：我的存在，是眼前住在這間大房子裡每一個人人生中的一個缺陷。

我走到院子，坐在石椅上，看到了假山假水，看到了真花真草真樹木，也看到了來來往往打掃的阿姨對我的假情假意，感受到了我將可能在這棟大房子裡葬送掉未來，我渾身寒意，忍不住打了個冷顫。

突然，有東西打在我的頭上，掉到了我面前。我撫著被打到的地方，眼神往地上一看，是一顆碎掉的柑仔糖。我抬起頭找尋這顆糖果的主人，左手邊十點鐘方向，一個男孩臉上掛著大咧咧的笑容，他正趴在差不多一百五十公分高的圍牆上，輕鬆又愜意地對我說：「妳是童伯伯家新來的女兒吧？」

新來的女兒？聽見這個用詞，我不禁覺得他的國語成績一定很差。

我沒有回答，低下頭看著地上那顆碎掉的糖果，他又接著說：「被糖果打到會痛嗎？我這裡還有很多顆，妳要不要……」

他還沒有說完，我就從地上撿起一塊石頭往他丟了過去。他來不及反應，石頭已經在他額頭上碰撞出一塊紅通通的傷痕。他撫著被我丟到的痛處，從圍牆的另一邊翻了過來，走到我面前拉起我的手，塞了三顆有點化掉的柑仔糖到我手裡，然後對我笑了笑，「我只是想問妳要不要吃而已。」

我第一次看到被石頭丟傷還會笑的人。

接著，他又在我面前蹦蹦跳跳地爬了圍牆回去隔壁，對我揮了揮手後，走進了隔壁那棟房子。我把化掉的柑仔糖放在他剛剛趴著的圍牆上，宣示我的隔離，在這棟房子裡，我不能相信任何人。

只有家人才不會欺負我，而我的家人，只有媽媽而已。

接下來的日子裡，我依然被糖果丟了數不清的好幾次，他也被石頭丟了數不清的好幾次。但是，我漸漸會吃掉他放在我手中的糖果，而他也漸漸學會閃過那些攻擊他的石頭。

雖然大房子裡有很多人，但媽媽是我唯一的家人。而在台南這座城市裡，我還多了他一個朋友。

所以我從不覺得自己可憐。因為，如果連自己都可憐自己的話，那就是真正的可憐。所以我從不這麼做，就算那個時候我只有十歲。

二十年了，時間會改變很多事，不管是你願意發生，或是不願意發生的事，它就是這麼理所當然地存在於我們生活過的每一天，見證了我們走過的一點一滴，化解了一些情緒，也更糾結了一些混亂。

唯一不變的，是我二十年來如一日的準度。我拆開一大包昨天在大賣場買的單顆包裝清涼有勁薄荷糖，先從趴在床上半裸男子的肩膀丟去，中！他感覺到被攻擊，便稍微挪了下身子，再把棉被往上拉了一點試圖掩護，但策略失敗，我又拿了兩顆糖從他後腦杓丟去，依然中！只見他伸手抓了抓頭。

「康尚昱！已經八點五十了，你今天早上不是還要開會嗎？」如果要說這個跟我在一起十五年的男人有什麼缺點，那就是賴床。他一躺上床，就好像有人在他身上塗了八萬瓶快乾膠一樣完整地和床黏成一體，和床鋪陷入熱戀裡，怎麼樣也不肯分開。

他的頭埋在枕頭上，咕嚕咕嚕的不知道在講什麼。我再拿出三顆糖，更用力地朝他後腦杓丟去，噠、噠、噠！我依稀能聽到糖果碎掉的聲音。忍不住在心裡嘆了口氣，因為他的瘋狂賴床，我已經不知道多久沒有好好吃過一顆完整的糖果。

用力果然是有效的，他揉著後腦杓，從床上坐了起來，臉上帶著沒睡醒又痛苦的表情，我接著又拿了一顆，依然非常準確地丟中他的額頭。記得上次經過行天宮，有個擺攤的算命伯伯一看到他就說他額頭飽滿是福相，那時候我多麼驕傲，他小時候的額頭可能有「飽」，但「滿」肯定是我丟出來的。

「好了啦！起床了啦！痛死了！」他哀怨地說。

「我昨天有沒有跟你說過要早點睡，結果你硬要把DVD看完。你活了三十二年，還不知道自己睡不到七個小時就肯定賴床嗎？早知道我就不要叫你，讓你遲到算了。」我邊唸他邊走到廁所幫阿咕咕把屎把尿。

阿咕咕是一隻非常會看臉色的馬爾濟斯，牠是康尚昱在他工作的飯店附近撿到的狗，送到動物醫院卻掃不到晶片。在飯店附近貼了一些告示，狗的主人始終沒有出現。當康尚昱對我說他決定要養牠時，我差點把手上的抹茶拿鐵倒在他臉上。我從小對人已經沒有多少特別的感情，更何況是小動物。

但是阿咕咕就跟小時候的康尚昱一樣，不知不覺地走進我的生活，然後把我牽制得一點自由也不剩。

而習慣永遠是人最可怕的天敵。當你習慣了媽媽的角色，就會開始不知不覺變成了媽媽。如同現在，不知不覺我就變成了要照顧兩個畜……不，兩個孩子一樣。

阿咕咕剛到這裡的時候有一點不安、有一點謹慎，睡覺總是不太安穩，常常會發出咕咕的聲音，於是康尚昱決定把牠取名叫「咕咕」，叫了牠咕咕之後，牠天真地以為自己是我們的長輩，開始睡在我和康尚昱的枕頭上，咬壞康尚昱的領帶，在我的圍巾上撒尿。為了訓練牠在廁所大小便，花了我工作以外所有的時間，訓練了整整長達一個月才教會牠。

當有一天我一早醒來發現牠的尿和屎都在洗手間時，不常哭的我眼眶已紅。

但我實在無法對狗叫「咕咕」，所以在前面加了個「阿」字，久了牠就變成阿咕咕。

阿咕咕正坐在牠的飯碗前，很平靜地等待這經常上演的起床風暴過去，然後，我們會恢復正常，記得給牠一口飯吃。

我從洗手間出來，幫阿咕咕換完水再倒點飼料，還不忘摸牠的小肚子兩下，接著狠狠親牠一口，再溫柔地對牠說：「趕快吃飯飯，這樣才乖乖喔！」

五年前，誰也不可能想到，六親不認的童依依居然會用這種語氣，再加上使用疊字說話，這簡直就是一種奇蹟。

安頓好一個畜……不，安頓好一個孩子之後，另一個欠人家整頓的還坐在床上打瞌睡。我繼續拿起那包拆封的薄荷糖一顆顆往他身上丟，一瞬間，整個房間充滿糖果丟在肉上「噠噠噠」的聲音，襯著阿咕咕吃飼料的聲音，再加上康尚昱唉唉叫逃進洗手間的聲音，組成了一首多麼美妙的早安曲。

看到他衝進浴室，我才停下手，有點後悔太早清理阿咕咕的大便，應該讓他踩得滿腳屎才對。

我打開電視看著晨間新聞，原本九點半打卡上班的我，可以如此遊刃有餘地坐在電視前，是因為我的老闆到法國出差，今天下午才會進公司，我身為他的祕書，只需要在他進公司前到達就可以。

康尚昱在洗手間裡刷牙，邊含糊不清地抱怨被丟得好痛，說我下手太狠。

我完全當作沒有聽到，看著每一個新聞台的跑馬燈，不知道是不是說好了，全是相同的內容，只是描述的方式不同。不公義的事情永遠小小報導，雞毛蒜皮的事永遠大大宣傳，網友的任何一件事都可以拿來當新聞。

新聞變成一種洗腦的工具，看久了不禁對人生產生迷惘，我是誰？我又在哪裡？

為了避免自己瘋掉，只好默默地關掉電視。剛吃完飯的阿咕咕馬上跳上沙發，仰躺在我的右手邊，期待我摸兩下牠吃飽後的小肚肚。

康尚昱從浴室出來後，邊走邊把剛剛丟向他的糖果一一撿起來，再放回大包裝袋裡，笑著對我說：「下次不要買這牌子的，打了太痛。」

一聽到他講這種屁話，火氣一瞬間衝上來。我抱起阿咕咕走到冰箱前，想喝點退火的，手才剛碰到冰箱門，康尚昱的聲音就從我後方傳來，一手拉回我要打開冰箱的手，「如果我沒有記錯，妳生理期快到了，不要亂喝冰的，我幫妳熱牛奶，去旁邊坐好。」

聽到生理期三個字，我馬上妥協地收回手，抱著阿咕咕走回客廳坐好。每回生理期一來，第一天我總是會痛到哭，有一陣子太常吃止痛劑，結果整個生理期大失調，亂來一通，最後還是乖乖地少喝冰飲才好轉一點。

「你不要弄了，我等等回去再喝就好，你已經遲到了。」我看了看牆上的時鐘，指針已經爬向九點十分。

康尚昱依舊持續他的動作，拿出冰箱中的牛奶，再拿出鐵鍋倒了一些開始幫我加熱。看著他站在廚房的背影，寬寬的肩膀，四十五度的側臉，還有他專注的樣子，真的比任何一個好萊塢男星都帥氣。

而他的背後就是我的全世界。

我有多喜歡這樣看著他，我有多迷戀他的一切，我卻從來沒有告訴過他。

他端著牛奶走到我面前，「會議時間改到十點半了，不用緊張。」然後對著我又大刺刺地笑著。陽光從陽台落地窗灑了進來，照在他的左側臉，我想起第一次看到他時，他趴在圍牆上的傻樣子，美好的笑容至今從未改變過。

接著，他自己先喝了好大一口，再把杯子放到我手上，一臉滿足地說：「溫度剛好。」我看著手上只剩三分之一的牛奶，真的是無言以對。

「快去換衣服啦！」我抬起腳往他的小腿踢去。

他吃痛地叫了一聲，撫著小腿，「好啦！」接著又蹦蹦跳跳著移動到衣櫃前，準備換衣服。

我一邊喝牛奶，拿起桌上各種信封和繳費單據，又忍不住朝他大吼，「我不是叫你要辦自動轉帳嗎？你房貸又忘記去繳了？汽車強制險要到期了，你到底是去繳了沒？」前天才看了一本雜誌，上面說千萬不能當個高分貝女人，那會讓另一半容易感到有壓力。當時我下定決心改掉這個壞習慣，沒想到，才沒多久的時間就馬上破功。

可是，男人們一定要知道一件事：女人如果會對你大吼大叫，要麼不是被你們慣出來，就是讓你們給惹出來的。後者這種情況，講白一點就只有兩個字「欠罵」！

他穿著西裝，人模人樣地走了過來，不到三秒又開始嘻皮笑臉，「我最近太忙了。」人高馬大的他抓住我的手，低下頭直往我的頸窩鑽，我脖子有石油可以採嗎？我用力地捏了他的耳朵。

「全世界只有你忙嗎？這不就是兩分鐘的事？」最討厭每次都用很忙這種爛藉口，很忙還有時間玩手機遊戲，只要排名超越我就猛打電話來炫耀，哪裡忙了？

忙只是懶的另一種說法。

他吃痛地撫著他發紅的耳朵，然後氣惱地對我說：「我們不是說好了，上班前不能打別人看得到的地方嗎？」

不說我還忘記了，只好往他大腿內側又捏了一下，「那你是說要打在這種地方嗎？」

他痛得低吼一聲，接著，他喊我名字的聲音響透了這層公寓。

做人一定要有來有往，揍了他這麼多下，總是要彌補他，「好啦！我幫你處理啦！」

他馬上變了個臉，笑嘻嘻地從錢包裡拿出一千塊，把皮夾放到我右手上，而我左手則被放上那一堆待繳的帳單，和一些該處理的生活雜事。

「我的印章不知道拿去哪裡了。」他好像不見十元那樣輕鬆地對我說。

我已經懶得再打他了，千萬不要以為動手的人就不會痛，有哪個媽媽打孩子不會心痛？只是他的皮跟肉都硬邦邦的，打他捏他，我心痛是其次，手痛到是真的。

「印章在我那裡，前天帶去郵局幫你領包裹。」我深呼吸了幾口氣，真的很怕自己被他氣死。

他大笑了兩聲，又開始把他的頭靠在我的脖子採石油了。

我馬上推開他，他竟然給我裝出一臉受傷的神情。我真的很想問康伯伯和康媽媽，還有他的同學同事上司下屬，他們都知道他這麼健忘加幼稚嗎？每次只要出席他的聚會，每個人都稱讚他多麼溫柔體貼、奮發上進，當他女朋友真幸福，這些話我已經聽到耳朵都要爛掉了。

現實，永遠不一定是自己看到的那樣。

「我今天會抱阿咕咕回去，立湘說她很久沒有看到阿咕咕了。」我說。

「喔！那阿咕咕放妳那裡，妳來我這裡。」他接著說。

「No，我已經連續三天都住這裡了。」

他聽了，又是一臉的挫敗。

當他決定買這間套房時，就希望我搬過來和他一起住。但我還是覺得我們應該要有各自的生活空間，我喜歡那種偶爾湧起的想念，不是太強烈，也不是太微弱，這樣的力度剛剛好。

我給了他一個燦爛無比的笑容。

他失落地摸了摸我的頭，然後好像想到什麼一樣，「對了！那個……」我沒有錯過他臉上閃過那一點點不一樣的神情。在一起那麼長的日子，雖然不見得有心電感應，但有些小動作和默契是怎麼樣都不會錯的。

他的這種神情，通常只會出現在要討論關於我家裡的事情時。

他還沒有說完，我就直接回絕他，「如果是我家的事，可以不用說了，我不太想聽，也不太想知道，所以你最好不要講。」

他嘆了口氣，「我知道妳不想聽，但我還是要講。」

我語帶恐嚇地對他說：「我真的不想聽，你最好不要講，不然接下來會發生什麼事，我不能保證。」

康尚昱無視我的威脅，繼續說：「小媽打過電話給我，說過一陣子是童爸的生日，她希望妳可以回去幫他過生日。」

他一說完，我馬上直接回答，「不要。」上次我媽就已經來電跟我說過了，但我不想回去。

他和我的堅持開始對峙，看著我，眼神中充滿無奈。過了一會，才開口說：「妳這麼快拒絕我，對我來說沒有關係，但妳媽會選擇打電話找我，表示她也一定這樣被妳拒絕過，不知道該怎麼辦，才會來請我幫忙。我們都那麼大了，童爸也有年紀了，幫他過個生日，並不是做不到的事啊。」他又開始不停苦口婆心地勸。

如果可以，我多希望他的身分只是我男朋友，不是隔壁鄰居、不是青梅竹馬、不是學校學長，不需要知道那麼多我的過去，不用捲入我的家庭風波，我們只要是一對很單純的戀人，努力談著一段特別的戀愛就可以。

可惜，「如果可以」這四個字只是一種自我的安慰罷了。

我深呼吸一口氣後才有力氣回應他，「這的確不是什麼做不到的事。要我坐在那裡假裝是一家人，不是一件做不到的事；要我坐在那裡假裝熱絡地和那些看不起我的親戚打招呼，也不是一件做不到的事；要我回去那個家看我媽被冷言冷語，更不是一件做不到的事。可是，做得到不表示沒有關係好嗎？」我都能在那樣的家庭裡長大，還有什麼事做不到，只是我再也不想勉強我自己。

康尚昱愣在原地，才想再開口時，我馬上補了一句，「你不是不知道，我不喜歡你當我媽的說客。」

他一臉為難地繼續說：「我知道，可是妳已經三四年沒有回台南了，也不跟我一起回去過年。先別說童爸，說說妳媽，她會有多想妳？」

這種對話，每一次都會停在不愉快的句點，上次也為了要不要回台南過年冷戰了一個星期。為了避免再發生同樣的狀況，我提早轉過身，走到沙發上抱起安靜的阿咕咕，牠永遠都能比我們兩個更早察覺所有的不對勁。

順手拿了我自己的包包，我扯開假裝的笑容，「你快去上班，要遲到了，我也要回去準備上班了。」

我用最快的速度離開現場，走出屋子，關上門。

「喂！童依依，妳又來了，妳每次都這樣！」站在門外，聽到門內的吶喊，我也在心裡吶喊：康尚昱，你又來了，你每次都這樣！

康尚昱陪我一起走過這麼多，我的狀況，他比這世界上任何人都還要清楚。可惜，不管他有多愛我，或是我有多愛他，我心裡的壓抑、痛苦和種種為難，這個世界上也只有我自己一個人知道。

我對現實最深刻的體認就是：不要期待別人理解你的痛苦，即便是你最深愛的人，你也不能過度期待。

坐在計程車上，想著家裡那些永遠無法解決的狀況，無力地嘆了八百次氣，在我懷裡的阿咕咕很識相地沒發出一點聲音。一大早載到我這種奇怪的客人，司機先生也不停從後照鏡察看我的狀況。

在我要下車時，司機先生對我說了一句，「小姐，人生沒有什麼大不了的，看開一點，不要想太多啊！」

我微笑著謝過司機的溫暖，然後在巷口下車。

我就是看得超開了才不想回去台南，一切順其自然，過自己想過的生活。

才下車，就聽到林樂晴大喊我的名字，「童依依，妳肯回家啦！我都快忘記妳長什麼樣子了。」我也才三天沒回家，這話會不會說得太過分了點？

我抬起頭，看到她站在早餐店的煎台前，還拿著煎鏟指向我，一副好像逮到女兒一夜未歸的媽媽一樣。我笑了笑，走到她面前，「我這麼漂亮，看過的人是很難忘記的，更何況我們同居了十幾年。」

「咳咳咳！」突然傳出咳嗽的聲音，我轉頭一看，原來是孫大勇，他正坐在一旁的吧台前吃早餐。

真沒想到他連吃個早餐都會噎到。雖然明白他精神年齡只有六歲，但我不知道他的行為年齡也一直沒有長大。

樂晴倒了杯水給他，「你是有多想被食物噎死？」

孫大勇喝了一大口水，才恢復正常地說：「是童依依亂講話好不好。」

我左手很用力地往他背上揮了一掌，那聲音真的是又結實又響亮，「我說的是事實好不好。」

孫大勇又開始大咳，才剛滿三十歲，已是一根凋零的草。

我的眼神才從孫大勇身上移開，就看到樂晴正拿著小雞塊在偷偷餵食阿咕咕。我急得拍掉她的手，「林樂晴，妳又來了！妳再餵牠吃人的食物，我就用妳的廚房煮東西。」

廚房是樂晴的生命，她可以任由房間很亂、很髒，但廚房不可以，那是代表廚師的自尊心。自從我大二有一次把泡麵煮焦後，她就禁止我使用廚房。她願意在任何我肚子餓的時候當我的廚師，也不要我去廚房煮東西。

於是，這十幾年來我都好好善用她這位廚師。

樂晴馬上臉色一變，把雞塊往自己嘴裡塞，含糊不清地說：「幹麼這樣，偶爾讓牠享受一下不行嗎？」

「不行。」因為我希望牠可以陪我久一點，所以希望牠可以很健康。

「好了，我中午要進公司，先回家換衣服。」我看了一下早餐店的時鐘，已經快十一點了。

「早餐吃了沒？因為不知道妳要不要回家，早上我沒做妳的份。我現在幫妳烤個吐司夾蛋？還是招牌三明治？」樂晴吞下雞塊後說。

她看起來已經要開始動作了，我急忙開口，「不用了，我去公司再隨便吃點東西就好，我先回家了。」接著抱起阿咕咕走出早餐店。

樂晴不放過我，在我走出早餐店後還不停在我背後喊，「不吃早餐會變老妳知不知道？」

知道，知道，知道妳每天都吃早餐，所以皮膚最好。不是我誇張，樂晴年紀跟我一樣大，但每次一起出去人家都以為我是她姊姊。她個子小皮膚好，就是有童顏的優勢。

現在的樂晴，和我第一次見到她的模樣幾乎沒有改變。

考上台北的學校後，我本來著手要找學校附近的房子住，當時康尚昱跟我說他直屬學妹家裡有空房間要出租，我可以考慮租下來。原本覺得要跟別人的父母一起住會有點不方便，所以一開始我拒絕了。但他接著又告訴我，樂晴的父母都已經過世了，家裡沒有其他長輩同住。那一瞬間，連房子格局怎麼樣，地點在哪裡我都沒有問，就直接對他說我要過去住。

我現在依然記得那時候的心情，是對孤單的人同病相憐。康尚昱並沒有發現我的心思，只是很開心，覺得雖然我故意選了和他不同的學校，但我還是在他掌控之中。

住處還有另外兩個同居人，是明怡和立湘。我搬進來時，明怡已經和樂晴一起住了，她們是很要好的同班同學。至於立湘，是大三時，有一天我和明怡外出買晚餐在路邊撿到的。因為她被不良房東糊弄，本來說好要把房子租給她，後來又租給出價更高的人。她一個人帶著一堆行李坐在路邊，看起來很無助，又得知她和我同一間學校，是剛入學的小學妹時，我只好求樂晴收留她。

後來一住就從大學同居到現在，已經超過十年了，但我們沒有任何一個人想過要離開這裡。這裡有太多回憶和過去，捨不得也不想放下，對我來說，這裡更像一個家。

她們才是我的家人。

「我回來了。」我對著客廳裡很悠閒的兩個人說。

明怡左手正拿著一本吉本芭娜娜的書專注地翻看，右手端著杯咖啡，蓬鬆的長髮落在白色長針織衫上，柔柔軟軟的好像棉花糖一樣。立湘則是趴在沙發上，翻著厚重的設計書，戴著大黑框眼鏡，全套黑色運動衣，拿在左手上的那份吐司一口也沒有動過。

明怡抬起頭來，對著我微笑，「終於回來了。」

我無奈地笑了笑，我只是在外過夜三天啊，又不是三個月。

立湘則是被跑到她腳邊的阿咕咕吸引，馬上起身抱起阿咕咕，對著牠說：「你回來啦！」

跟立湘同居那麼久，她只對阿咕咕才有點熱情，對我們其他人都是冷冷的態度。那時候還跟樂晴討論過，懷疑這孩子是不是有自閉症，她不愛說話，一到天黑就不出門，後來漸漸了解她的個性就是這樣，我們也就慢慢習慣了。

我看著明怡問：「妳今天晚班？」

她點點頭，「是啊。」明怡和康尚昱在同一間飯店工作，明怡是負責飯店ＶＩＰ貴賓服務，見過不少大明星，上次還服務過 Lady Gaga。

「我先去換衣服了，中午要進公司。」說完，我馬上走回房間，門也不關地直接就開始脫衣服，這就是女生同住的好處。而且我們還有一項非常人性化的規定，說好不能留男友過夜，但這項規定讓康尚昱又愛又恨。

我還在想要穿哪一套衣服的時候，明怡的聲音在門旁響起，「對了，妳的衣服我幫妳燙好了，放在左邊衣櫃裡。」

我轉過頭，給了她一個感激的微笑。

快速地換好衣服，化上簡單的妝，我再出走房門時，立湘遞了杯咖啡到我面前。我笑笑，接了過來，她另一隻手又遞了隨行杯給我，「這給妳帶去公司的。」煮咖啡是立湘的強項。

我感動得親了她一下，她不禁皺起眉頭，顯然表示不樂意有女人親她，然後又跑去沙發跟阿咕咕窩在一起。

「妳案子趕完啦？」我問。

立湘點了點頭，她是影像平面設計師，自己接一些案子在家工作。還好她很有才華，可以獨立作業，不然我們三個不知道有多擔心這孩子不愛講話、不擅交際，去外面工作肯定會被欺負。沒想到她很爭氣，設計的作品得了很多獎。

「妳手機沒電啦？剛學長傳訊息給我，問妳到家了沒有，說妳電話打不通。」正在看電視新聞的明怡轉過頭來問我。

我從包包裡拿出手機，真的是關機狀態，「什麼時候沒電的，我完全不知道。」

明怡遞了她的手機過來，「不然妳先用我的回電給學長。」

我搖了搖頭，害怕他又提到回台南的話題，「沒什麼重要的事，我到公司再和他聯絡就好。」

明怡先是一臉疑惑地看著我，然後又好像明白什麼的樣子對我點點頭。有時候，真的覺得被別人了解太過徹底不是一件好事，尤其是當你想假裝沒事的時候。

門鈴突然響起，打斷了我和明怡的眼神對話，我習慣性地走去開門，因為明怡這個弱女子的動作比較慢，而立湘是完全不會動作的，她從以前就不喜歡給人家開門。

走進來的是立湘的哥哥，朱季陽。

「嗨，今天怎麼有空？」我問。朱季陽工作的律師事務所正好是我們公司合作的法律顧問。

常常覺得年紀越大，認識的人也越來越多，最後才發現，這些人其實本來就都在你的生活中，只是沒有真正遇上而已。

「我昨天回家吃飯，我媽做了一些小菜叫我拿過來給妳們。」季陽就像他的名字一樣，陽光般燦爛地對我們笑著。

但他最想融化的不是我，也不是他妹，是明怡。我知道他很喜歡明怡，可惜明怡已經有男朋友了。雖然我個人比較支持季陽，但最重要的還是明怡自己的想法，她自己開心最重要。

我接過他手上的袋子，對著坐在沙發上的立湘說：「不泡杯咖啡給妳哥嗎？」

立湘遲緩地點了點頭，起身和我一起走進廚房。我能幫朱季陽的，也就只有留給他們兩人單獨相處的這五分鐘了。

可惜立湘完全沒有察覺，她只用了兩分鐘泡咖啡，我都還來不及叫住她，她已經端出去給朱季陽了。然後立湘就坐在他們中間和阿咕咕玩著。我真的是佩服朱季陽受得了這麼一個遲鈍的妹妹。

我回到客廳，電視新聞正介紹著台北知名的火鍋店，朱季陽便問明怡，「明怡，妳不是喜歡吃火鍋嗎？這間看起來不錯，下次一起去吃看看？」

明怡微笑搖了搖頭，「最好吃的火鍋，還是樂晴做的砂鍋魚頭。」

朱季陽的表情蒙上了一層灰，無奈地笑了笑，「嗯。」

我在旁邊真的很想大喊：你嗯個頭啊先生！但是，我實在沒有興趣參與別人的愛情世界，兩個人的愛情已經夠錯綜複雜，我又何必再跳下去瞎攪和。

朱季陽和往常一樣垂頭喪氣地離開，立湘也抱著阿咕咕回房間。我看了明怡一眼，她給了我一個無可奈何的表情，我明白她的心情，也以微笑回應她。我們總是可以很冷靜分析什麼對自己最好，哪種男人最適合自己，可是那些人在我們的生命裡往往都來錯了時機。

我們結束了眼神的交流，把視線移到電視新聞上。

電視裡傳出了女主播甜美的聲音，正在報導一則頭條新聞。一名男子包下了昂貴餐廳，邀請親朋好友來見證自己的求婚，男子的女友含淚點頭答應，套上戒指，男子也一臉幸福地接受訪問，說著，「我這輩子只愛她一個人，會一直對她好下去，要跟她一起幸福圓滿。」

看到這裡，明怡悄悄移開了看電視的眼神，拿起放在桌上的小說，我則是拿起遙控器，直接關掉電視開關。

這是我和明怡都不願碰觸的話題，屬於我們的愛情禁忌。

我永遠都記得，四年前，有一回大家起鬨要我和康尚昱快點結婚時，他表情為難，並且淡淡說出了一句，「還沒有準備好。」那一整天，我完全不想和他說半句話。

當時被毀滅的，除了我的自尊心，還有漫長時間走過的愛情。

偶爾感覺到被年紀追著跑的時候，我會不停地問自己，會不會有那個可能——我瘋狂愛著的康尚昱，並不一定是我的一輩子？

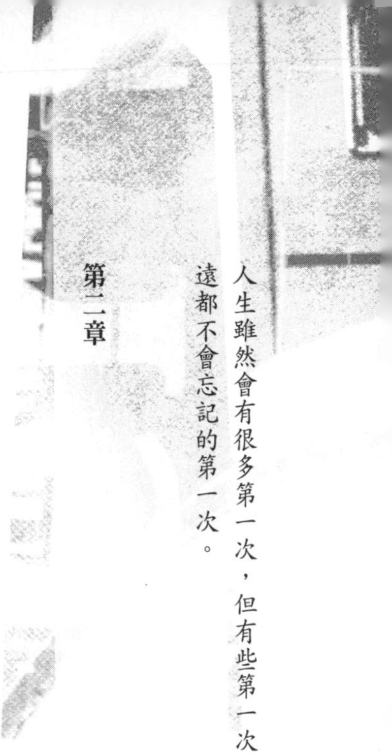

人生雖然會有很多第一次，但有些第一次卻會變成唯一的一次，就像我十五歲那年的告白，是我永遠都不會忘記的第一次。

第二章

「聽說尚昱哥交女朋友了？」

「對啊！聽說是高中部的校花。」

「所以傳聞就是假的嘛，尚昱哥怎麼可能跟別人隨便在一起？他爸可是鄉長耶，怎麼可能讓自己兒子跟一個小老婆的女兒交往。」

不要懷疑，這絕對是國三這年紀的青少女講出來的話。大人們已經距離年輕的時代太遠，都忘了我們其實比想像的早熟，卻老是用不成熟的方式展現自己的特別和與眾不同，打壓他人，成了學生時期我們抒發壓力的方式中最不聰明的一種。

從我同父異母的大姊開始在我生活四周進行她不成熟的謠言散播，我就不停地聽到這些言語攻擊。我國一的時候還有康尚昱當靠山，但和我相差兩歲的他畢業後，我就成了大家午餐時間聊天八卦的對象，也成了某些人洩憤的目標。

每回只要康尚昱在校門口等我一起回家，見到我的時候總會問我，「今天有沒有人欺負妳？」而我總是回答「沒有」，因為不只是今天，是每天，忍耐成了一種習慣。

不過，當我有一天再也受不了，動手把四個女同學打哭之後，就沒有人敢再光明正大地欺負我了，只會在我面前或背後講講這種讓我不痛不癢的話。

三年也就這麼過去了，我耳朵沒有長繭，她們的嘴巴也沒有爛掉，我們都一樣正常地過日子。但不一樣的是，從今天的畢業典禮過後，我就和她們一點關係也沒有了，我們是彼此生命中的過客。不知道十年後她們是不是還會記得，有個跟她們毫無關係的人被她們平白無故地罵了三年。

不過，身為一個被大家看不起的小老婆的女兒，成績還能優異到代表畢業生致詞這一點，我想我將來如果有幸再遇到她們，會向她們深深道個歉，再順便謝謝她們，正因為她們不想和我當朋友，我才有更多時間念書。

致詞後，頒完了獎，我只想用最快的速度離開禮堂。這種父母聚集的地方並不適合我，因為我的父親從不出席我的各種活動，而我的母親則是正努力地伺候她的先生和她先生的大老婆。

走出禮堂門口時，我忍不住苦笑了一下，在這種熱鬧溫馨的場合，我卻比誰都還要孤單。

「畢業了有這麼開心嗎？」康尚昱的聲音在我前方出現。我抬起頭，他正站在我面前，又掛著大剌剌的笑容，一臉心情很好的樣子。

我看著他的臉，不知不覺，這笑容已經刻在我腦子裡，放在我的心裡。不知不覺，我習慣了他老是繞在我身邊的熱情。不知不覺，我開始依賴他的一切，想要獨占他的關心和他的照顧。

他遞了三顆柑仔糖給我，「慶祝妳畢業，我帶妳去吃麥當勞。」

話說完還不到三秒，我都還來不及回應，他就被一群男男女女圍住，開始熱情地問候他們喜愛的學長。那圍成的一個圈子是我無法參與的世界，我無視那一群人的歡樂，從他們身邊走過。

「等一下，依依，妳要去哪裡？」他從人群裡鑽了出來，跑到我背後喊，從我們認識的第一天開始，他總是在我背後喊著我的名字。

然後，一堆人朝著他喊，「學長，我們去打球啦！」「學長，我們很久沒有去打撞球了！」「學長，我今天畢業，不跟我一起拍張照嗎？」「學長，聽說你跟你們學校的校花在一起啊？」

不知道為什麼，一聽到最後這句話，我停下了腳步，總覺得這三年來忍受的各種委屈得要幹件大事才能平復。腦海裡一有這個想法，我的身體好像住了另一個人一樣，轉過身，來到他們一群人面前。

但我的眼裡除了康尚昱之外什麼都看不見，腦子突然一片空白，伸出雙手捧住他的臉。許多驚訝的吸氣聲傳進我耳裡，我無視了那些聲音，在畢業典禮的禮堂外，在人來人往的大道上，在眾多眼睛注視之下，我吻了康尚昱。

這個吻，應該持續了三秒鐘。

當我放開他時，我的思考能力回來了，緊接而來的是從腳底襲上的涼意。這場面接下來能如何面對？畢竟，當自己很清楚事情的發展已經超越自身能力所能負擔的時候，似乎就只能待在原地，期待別人來幫自己收拾。

我看著康尚昱若有所思的表情，雙腳開始失去了力氣，全身都使不上力。我能感受從額頭冒出的汗珠正流到我的脖子，周遭的聲音越來越大，我的心跳也越跳越快。

時間一秒一秒經過，康尚昱卻一動也不動。那時候，我覺得我的世界毀滅了，被我自己給毀了。當我用盡力氣轉身準備離開時，康尚昱從後頭牽住我的手，拉著我一起走掉。

其實，在那一瞬間，他才變成了我的騎士。

從計程車車窗望出去，我看到一個高中男生穿著制服，帥氣地拉著一個女孩，而女孩的表情有點慌張。這畫面讓我不知不覺就想起了那一年的事，我忍不住在車上笑了。

司機回過頭看我，我也只能尷尬地對他笑笑，我無法跟他分享剛剛為什麼而笑，因為這一講就會講得好長，像我和康尚昱一起走過的這五千多個日子一樣長。

但司機先生仍然很專注地看著我。我忍不住皺了皺眉頭，難道他真的這麼想知道？那我要從哪個環節開始講？從我第一天拿石頭丟康尚昱說起嗎？

我還在思考怎麼開口，司機先生專注的表情開始轉變成不太耐煩，先是在口中「嘖」了一聲之後，再對我說：「小姐，已經到了。」

我這才回過神，透過玻璃窗，看到公司大樓正在我右前方二十公尺，原來我耽誤了司機先生的時間，於是趕緊付了錢下車。在我關上門的那一刻，司機就立刻踩下油門開走了。

看著迅速離開我視線的計程車，我在心裡向司機先生道歉，我就這麼活在我自己的世界，真的很抱歉。

接著看了一下手錶，時間已經逼近下午一點，老闆一點半會進公司，我還有些資料得準備給他。不管自己穿的是窄裙和高跟鞋，我跑著衝進大樓，再加上搭電梯的時間，總共花了五分鐘。

打開電腦、攤開桌上的資料，再隨手把包包塞進抽屜，坐在我對面的林裕芬這時默默地閒晃到我眼前。我們公司是幾個兄弟一起經營的，我是總經理也就是大老闆的祕書，她是行銷及業務經理——也就是二老闆和三老闆的祕書，她一直不懂明明我比她晚進公司，憑什麼工作比她少，薪水卻領得比她多。

就像她也一直不懂憑什麼我能跟康尚昱在一起。

地球有時候真的小到轉個身就能碰到認識的人，和林裕芬成為同事也是這樣的狀況。她是我的大學同學，也是系上和我一起爭取獎學金的人，所以她一直把我當成她的對手。自從我上大學就沒有再向家裡拿過半毛錢，對我來說，生活的現實才是我的對手，她不是。

樂晴說我這是在賭氣，我當然知道。每當下課後在外面打工到凌晨一點，回家還要寫報告寫到流淚時，我常會問自己：為什麼我要這麼累？

但是，除了自尊這口氣外，我什麼也沒有了。

我和大學同學很少有交集，因為沒有時間和他們玩在一起，最常碰到的就是林裕芬，我們很剛好地在同一間餐廳打工。當康尚昱來找我的時候，她看著他的眼神，就像我從小看到其他女孩仰慕他的眼神一樣。

我不時會聽到她的酸言酸語，「我總覺得尚昱哥可以找到更好的女孩。」我真的很懶得跟他們解釋「康尚昱真的不是你們看到的這樣」！他看起來是彬彬有禮，但沒有人知道他可以三天不洗澡。他講話是溫柔體貼，但沒有人知道他會在開車的時候罵髒話。他在打電動的時候，甚至會問候怪物的媽媽。

所以說，像我這種人前人後都一樣真實的人，在這個社會上有多麼吃虧。比如我長這麼大到現在，就從來沒有聽過誰對我說：「童依依，我覺得妳可以找到更好的。」是不是很不公平？

林裕芬站在我的桌子前，還沒來得及開口，桌上電話就響了。她沒問過我，直接接了起來，「總經理祕書室您好……」

「是尚昱哥！好久不見！你上次帶來的那個起司小餅乾好好吃喔！下次……」林裕芬講得正開心，電話就被我搶了過來。

她竟然在我面前嘟嘴！

我馬上收起放在林裕芬身上的眼神，怕再看下去我會吐，趕緊開口問著電話那頭的康尚昱，「怎麼了？」

「是我，妳手機都打不通，是不是沒電了？妳剛到公司？妳吃飯了嗎？」康尚昱每次打電話給我，就是一連串永無止境的問號。

「是，嗯，還沒。」我照著他的問題回答。

「都一點多了，怎麼沒有先去吃東西？等等又鬧胃痛。妳不要忘了上個月才又去看過醫生，都照了十次胃鏡，怎麼都還不怕？」

「就是都照了十次，所以還有什麼好怕的。」我很習慣啊，連醫生都說替我照胃鏡是最容易的，因為很有經驗，進行起來非常快速。

他在電話那頭沉默了十秒，我馬上改口，很溫馴地說：「我等等會去吃，你不用擔心。」雖然樂晴常說我很白目，但我其實還滿識相的。

林裕芬還站在我面前，聽著我和康尚昱的對話。見她如此地專注和投入，我只好又補了一句，用著濃濃的鼻音撒嬌著，「還是你對我最好，我最愛你了。」這一招是我從樓下總機妹妹身上學來的。

「裕芬還在旁邊？」他馬上察覺出來。

我在電話這頭笑了。

「我就知道，這種不是真心的話就別講了吧妳。」他說。

我笑了笑沒有回答，但我發誓，這可是我這輩子最真心的一句話。

「那個……早上的事，我不是要讓妳不開心，我只是希望妳換個角度想。當然我不是要勉強妳一定要回去，只是因為小媽打電話給我，她都這樣拜託我了，我也只好試試看，不是硬逼妳做什麼選擇，只是想跟妳說，如果願意回去，我一定會陪妳回去。」他每次只要一跟我講正經的事，就會撂下一長串話，康尚昱成了康多話。

「我知道。」他的心意我當然都知道，我家的話題一向都是我們吵架的導火線。很多時候，對一件事情感受程度的落差，也讓我們對事情的看法有了差異，別人的幸福對我們來說是小事，別人的痛苦對我們來說也是小事。

而別人口中的沒什麼，有時候，我們可是一痛就一整年。

騎士在拯救公主之前，怎麼會知道她有多寂寞？

「那就好，所以沒有吵架喔！」他問。

「嗯，沒有吵架。」

「所以，妳沒有生氣？」

「對，沒有生氣。」

他在電話那頭安心地笑了笑，「那我晚上我去接妳，我同事拿了兩張DVD給我，有妳最喜歡的 Leonardo DiCaprio 和 Tom Hiddleston。」

又想拐我去他家，「不要。」我快速地掛了他的電話，我決定今天要乖乖在家吃樂晴煮的飯，才三天沒吃到，我已經想念得不得了。

林裕芬看到我掛掉電話，馬上又開始碎嘴，「嘖嘖嘖，真無情，就說尚昱哥可以找到更好的女人啊！為什麼這麼想不開呢？」

「妳可以自己去問他，或是直接幫他介紹一個妳說的『更好的女人』。」我真的打從心底誠摯地建議她。

「或許真會有一個更好的女人出現」這種事我並不是不害怕，我也會不安，我也會對自己產生疑惑。直到明怡告訴我，比我們更好的女人多的是，但她們都不是妳，童依依。

於是，我試著解放了自己的不安。

林裕芬見到我的反應如此平淡，撥了下額頭前的劉海，自己找臺階下，「我只是隨便說說的。」

我知道，這也是為什麼我並不討厭她。從以前到現在她就是那樣，有那個嘴沒那個心。

「有事嗎？」在我面前站了快十分鐘，再怎麼閒也沒有閒成這樣吧！

她這才拉回注意力，講出重點，「總經理太太打了三通電話找妳，我說妳還沒有進公司。」

「嗯，謝啦！」我回她。

但她仍然沒有要離開的意思，我又接著問：「還有事嗎？」

林裕芬一臉笑得非常得意地說：「沒有啦！我本來是想問妳有沒有推薦的婚紗公司，才想到妳還沒有結婚，問了也是白問。」

她真的是一天不說話酸我會死，為了讓她多活幾年，我就當做善事讓她酸吧。我笑了笑，順著她的話問：「妳要結婚了？」如果我沒有記錯，她才剛跟這個男友在一起半年多不是嗎？

「應該會吧，他那天有提，但不求婚的話，我肯定是不嫁的。倒是你們家尚昱哥怎麼都還沒有動作，在一起那麼久了，妳也老大不小了。」

她怎麼好意思說我老大不小，明明我和她同年。

「沒辦法啊，他不娶我啊！」我嘆一口氣，說了事實。

不知道是不是我太直接回答的關係，倒是換林裕芬開始尷尬了，隨口搭了句，「妳這種死個性，誰要娶妳啊！」然後走回我對面的座位。

「是啊！」說完，我繼續工作，林裕芬則是假裝在工作，卻不斷觀察我的表情，似乎很想知道我是不是這麼看得開。

當樂晴對我說出，「我的這棟房子永遠都會有妳的房間，如果我們都嫁不出去，就這樣一直住下去，大家互相照顧。」那時開始，我就不害怕「不結婚」這件事了，因為我始終會有個家。

但要說我對結婚沒有任何渴望，那肯定也是個謊話。

小時候看的童話故事，結局都是王子和公主結婚後過著幸福快樂的日子。那是從小就放在心裡的期待，只是長大後，我們越靠近現實，就越容易選擇讓自己更好過的方式來說服自己而已。

我用了十分鐘整理這幾天的重點報告，再整理好待簽文件，總經理正好走了進來。經過我的時候，他把手上的名牌提袋遞給我。「這幾天還可以嗎？辛苦了。」從我擔任總經理的祕書到現在五年，每次只要他出差回來一定會帶禮物給我。

然後，林裕芬就會一臉哀怨地看著我。二老闆和三老闆雖然不是吝嗇的人，但他們從來沒有想到那麼多。

我接過禮物，「謝謝總經理。」

他對我笑了笑，「不客氣。謝完了，就進來跟我報告，我三點有事要先離開。」

總經理是美式 style 的人，雖然將近五十歲了，每星期都會找時間去健身房運動，所以身材保持得很好，看起來非常年輕，他可以用很短的時間工作，用很長的時間享受生活。一開始當他的祕書其實很辛苦，要找出他需要並且認為重要的重點不是一件簡單的事。他的人脈廣泛，我得熟記他的每一個朋友和敵手，才能幫他做最有效的人際關係管理。剛進公司的前半年我幾乎天天加班，但熟能生巧，巧了之後就一帆風順到現在。

我拿起桌上整理好的報告及文件，瞄了一眼雙頰鼓鼓的林裕芬，給了她一個大大的微笑，開心地進總經理室向老闆做口述報告。

「我會把這些整理好，再發一次公文。另外，桌上的簽呈要請總經理在今天批示完畢，以上。」花了三分鐘報告，五分鐘討論，不到十分鐘就結束了。

總經理點點頭，「沒問題，一個小時後進來收。對了，下個月日本零件廠的竹田先生說要帶太太來台灣度假，妳再幫他們安排些行程，去年妳幫他們安排的南台灣美食之旅，他們非常喜歡。」

「好的。」

「另外，我休息室裡面那幾瓶楊董送的甜酒，妳找時間帶回去吧，家裡那些孩子不也都挺喜歡喝酒的？」家裡的孩子指的是我的同居人們。樂晴肯定開心死了，她最愛喝酒，不過酒品也是最差的。

「謝謝總經理。」

我一走出總經理辦公室坐回自己位置，林裕芬馬上又走到我面前，好奇地問：「這次總經理送妳什麼？」

「我不知道，哪有時間看？」應該是皮夾、手機套之類的，要不就是絲巾吧。

我看她一臉很好奇的樣子，只好把提袋丟給她，她開心地拆封，好像在拆自己的禮物一樣。一打開，是個酒紅色的 Bottega Veneta 皮夾，林裕芬忍不住大叫，興奮地說：「也太美了吧！這個顏色好好看喔！」

是很好看，但我現在用的這個皮夾，是康尚昱退伍後，上班第一個月領了薪水買來送我的。雖然不是什麼名牌，可是我從沒想過把它換掉，而且皮面越用越亮。上次我去買東西的時候，有個識貨的媽媽還一直問我皮夾怎麼保養的。

我只能在心裡回答，用愛保養的。

林裕芬的興奮持續不到十秒，就悻悻然地把東西遞還我，雙肩一垮，走回自己的位置開始工作。

所以，人不要對不屬於自己的東西太好奇，到頭來受傷的都會是自己。

我把注意力拉回到工作上，沒過多久，總經理走了出來，把手上那堆文件放到我桌上。我抬起頭看看他，再看了看電腦螢幕右下角的顯示，時間才過了不到一個小時。

「我都看完了，所以我要下班了，妳要是忙完，也可以下班去了，我之前就說過，妳不一定要那麼準時上下班。」總經理俏皮地對我笑了笑，還眨了一下眼睛，魅力無窮啊！不過，要是康尚昱對我眨眼，我應該會毫不留情地給他一拳。

我微笑著點了點頭，目送總經理離開。

坐在我對面的林裕芬已經完全笑不出來了，因為二老闆和三老闆在十分鐘前從另一頭的辦公室出來，交代給她一堆工作後才離開。

所以，我說我可以接受她對我的酸言酸語，因為跟她比起來，在公司裡，我的確是很幸運。

總經理離開公司後，我開心地撥了電話給樂晴，「在忙嗎？閉店了？」

「剛收拾完，正要走回家裡。對了，妳今天要不要回來啊？在不在家吃飯？」樂晴聲音疲倦地說。

早餐店的工作真不是平常人能做的，她凌晨四點就要起床到早餐店備料，一開始收入還不穩定時，我和明怡輪流去幫她開店，立湘則是去幫她閉店，每次忙完都覺得生命好像燃燒到盡頭。還好樂晴靠著手藝和用心建立了很好的口碑，客人越來越多，越來越忙，可是身體也越來越不好，有一陣子還生了一場大病，直到她開始請了工讀生幫忙才輕鬆一點。

「當然要啊！我多久沒吃妳煮的東西了！早上看到我的時候，妳沒發現我都瘦了嗎？我今天要在家，哪裡都不去。」我意志非常堅定。

她在電話那頭哼了一聲，「最好是這樣喔！」

「是這樣啊！而且我們老闆給了我幾瓶甜酒，讓我帶回去給大家喝，妳絕對想像不到，是Vintage Porto！」

酒徒林樂晴開始在電話那頭瘋狂大笑，跟三秒前有氣無力聲音差了十萬八千里，「真的假的？我一定是先知，我剛才還在早餐店做了起司蛋糕，昨天孫大勇回台灣也帶了一堆馬卡龍給我，晚上配甜酒剛好。童依依，快、點、回、來。」

「嗯，我應該五點半前能到家，待會見。」開心地掛完電話，我繼續回到工作裡，雖然我看起來比林裕芬幸運，但要維持幸運，還是得靠工作能力跟態度啊，怠慢不得的。

忙了一陣，就在我快要完成進度時，聽到林裕芬大喊了一聲，「吳太太好。」

我馬上抬起頭，看著站在我面前，氣質雍容華貴，身材曼妙又風韻猶存的婦人。我拉開笑容也和她打了招呼，「您來啦！」

總經理姓吳，所以這位吳太太，便是總經理的太太。

「是啊！找了妳一整天了，也不回我電話。」吳太太捏了捏右肩繼續說：「打了一整天電話，妳知道我手有多痠嗎？」

我忍不住笑出來，站起身接過她的包包，帶她進總經理室休息，還幫她泡了杯玫瑰茶，不加糖，要加蜂蜜，一定要用花茶杯，而且不可以用粉色系的，因為吳太太最討厭粉紅色。

「依依啊！過來這裡坐。」吳太太拍了拍她一旁的位置。

我走到她旁邊坐下。

「妳老實說，這次吳先生是自己去出差，還是帶了妞去？我聽張太太說什麼她有朋友在國外看到老吳帶個妹在逛街。」吳太太從美麗的貴婦變成了打聽老公行程的怨婦，和她身上穿搭的這些高級名牌顯得有些格格不入。

但，女人的不安，身為女人的我可以理解。當初我被錄取進來的時候，吳太太也非常地不放心我，擔心她老公和別人的老公一樣跟祕書搞婚外情。我可是帶上康尚昱跟她吃了好幾次飯，她才漸漸對我放下戒心，再逐漸把我變成她的眼線。

當眼線這件事，總經理也知道。

總經理曾極力希望我站在他這邊，偶爾幫他隱瞞些什麼。我告訴總經理，我不會站在誰那一邊，只要總經理在我眼前做的都不是壞事，我自然沒有什麼好跟吳太太說的。

原本以為總經理會因為我的拒絕而叫我回家吃自己，但他沒有，他很爽快地說了聲好，所以每當吳太太來找我，說她的哪個朋友又看到她先生和誰怎樣，問我知不知道的時候，我都能大聲地說「我不知道」。

我的確不知道，這一次也是，我唯一能做的就只有幫她分析。

「這次總經理是和業務二課的主任還有副理一起去的，機票是我訂的，因為很臨時，那班飛機在我訂位的時候已經都沒有位置了，還是靠我朋友幫我爭取到的。所以，要帶妞一起去出差的可能不高。」

吳太太的臉部表情逐漸放鬆，「是這樣嗎？」

「是啊。而且總經理每天都 email 會議內容給我，要我整理。看行程幾乎都是開會、開會，就算要在當地把妹也是需要時間啊！倒是張太太的朋友見過總經理嗎？」

她思索了一下，「不知道耶，這我倒沒有想過。」

「如果不常見面，或是沒有見過，那認錯人的機率就很高，有時候可能只是看起來很像，但並不一定是啊！」我再加打強心針。

她用力點點頭，「是啊，這我怎麼沒有想到！還好我先來問過妳，沒有跑去跟他吵架。」

「別想那麼多，妳拿的這個包包，應該是總經理買回來送給妳的吧！」

「是啊！妳怎麼知道？」吳太太欣慰地笑了。

我也輕輕一笑，「因為看起來很新，而且我從來沒有看妳用過，所以直覺猜的。總經理都那麼留心幫妳挑禮物了，妳要很開心才對啊！」

她也開心地回應我，「每次跟妳說完話，我心情就好了很多。我們家老吳啊，還是要麻煩妳多幫我盯著他一點。」

我點點頭，心裡卻充滿無奈。

盯得住人，卻盯不住信任。

信任無法看守，因為它是存在心裡的一種信念，成為兩個人愛情的支柱。我無法想像，如果有一天我也像吳太太懷疑自己另一半那樣開始懷疑康尚昱，我是不是也能像現在這麼冷靜？想到這個，我都口乾舌燥了。

吳太太得到安慰之後，旋風似地離開，但時間也像旋風一樣，迅速跑到五點了。我的工作還未完成，只好加緊腳步繼續努力。

等我準備離開公司的時候，已經六點多了。

在關好電腦那一刻，桌上電話響了，我趕緊接起來，是樂晴打來的，「喂！童依依，妳手機打不通啦！妳不是說五點半就會到家嗎？現在都六點多了，妳不會又跟學長去吃飯了吧！」

「沒有啦，剛有點事又忙了一下，我手機一直忘了充電，我現在要回去了，再給我半個小時。」我說。

「好，酒記得帶回來，還有，妳回來的時候，在我們家前面那間大賣場幫我買條美乃滋和一瓶番茄醬，快一點。」不等我回答，急性子的林樂晴一下子就掛掉電話。

我也只能對著加班的林裕芬喊聲加油後，馬上離開公司。

抱著一個大袋子，裡面放四瓶甜酒，這重量真的不是開玩笑的。吃力地走進大賣場，裡面的冷氣往我吹進來，我真的忍不住打了個哆嗦，手軟了一下，差點連甜酒都要拿不住。不是說要節能減碳嗎？都十月份了，氣溫有熱到要把冷氣開這麼強嗎？

因為是常來的賣場，很熟悉商品分區位置，我直接走到調味品區要拿番茄醬，但一手實在抱不住四瓶甜酒，正準備把那袋甜酒放到地上的時候，有道聲音從上頭傳了過來。

「要拿什麼？需要幫妳拿嗎？」我抬起頭一看，是以前大學的同班同學阿凱，他站在我旁邊推了一台小推車，熱心地問。

我對他笑了笑，「我要一瓶番茄醬。」

他幫我拿了下來，然後放到我手裡，我微笑地對著他說：「謝謝你，好久不見，怎麼這麼巧？你也來這裡買東西？」

「對啊，真的很久不見了，我們公司在附近，下班了就想說過來買點東西。」他有點生澀地回答我。

大四畢業那天，他送了我一束花和卡片，上面寫著，「如果妳分手了，請第一個告訴我。」因為這張卡片，康尚昱跟我耍了好幾天脾氣，三不五時就調侃我，只要我們一鬥嘴，他就會無辜地說：「對，反正我就是不好，現在還有人在排隊。」

每次一講這句話，我就真的很想親手送康尚昱去地獄。

我點了點頭，「那你逛吧！我先去結帳了。」

「那個，要不要幫妳拿？看起來很重。」他指了指我抱著的大袋子。

我笑笑，「沒關係，還好，我自己拿就可以了，先走了！」接著我轉身準備離開。

「等一下！」他又叫住了我。

我回過頭，好奇地看著他，他一臉有話要說的樣子，又看不出來他到底什麼時候才要說，就這樣一直不動。我手上抱著那些甜酒真的重到讓我想馬上轉身離開，可是他依然不開口。

我已經快要撐不下去了，「有什麼事嗎？沒事的話，我要先離開了。」我開始失去耐心。

看到我作勢要離開，他馬上問：「妳和男朋友分手了嗎？」

我被他的問題嚇到，正愣著，手上的大提袋就被人拿走，肩膀也被摟住了。轉過頭一看，是康尚昱。

「沒有。」他對著阿凱冷淡地說，講完就把我帶走了。

「你怎麼來了？」我好奇地看著他問。

「他是誰？」他也好奇地看著我問。

我才剛要回答他的問題時，康多話又馬上插嘴，「是大學那個追了妳三年的學長？還是妳們公司的客戶那個誰誰誰……」

「都不是，只是剛好遇到，以後又不會碰面，知道他是誰要幹麼？」

「沒要幹麼，但我就是想知道他是誰。」他有點賭氣地說。

我掙開他放在我肩膀上的手，走到冷凍食品附近拿了一條美乃滋，然後準備去結帳。

他不放棄地在我後面追著問「他是誰，妳不說嗎」、「還不快說」、「他到底是誰」。

我真的是被他氣到，回過頭去瞪他，「你都不覺得你這樣很幼稚嗎？」

「哪裡？我的感情有危機，我都不能問一下嗎？喂！當著別人男朋友面前問『妳分手了嗎』，不覺得很過分嗎？哪有人家這樣的，如果有個女人當妳的面問我什麼時候要跟妳分手，妳不會生氣嗎？」又開始裝無辜。

「不會啊！我身邊哪個人沒問過你什麼時候要跟我分手？」我是脾氣不太好，有時候講話不太好聽，偶爾耳朵很硬，但我敢說，這輩子給我最多愛的人不是我的媽媽，而是那個陪伴我最久的他。

「那不一樣，他們是開玩笑的。」他馬上反駁。

「所以他可能也是開玩笑的。」我再度回應。

「好，我不問我不問，我都不要問，我從今以後都不要問，反正我每次都嘛講輸妳，給妳贏給妳贏！」他整個放棄世界的樣子真的很可愛。

我笑著走到他旁邊，勾住他的手，試著轉開話題，「你怎麼知道我在這裡？」

他故意看著天花板回答，「就有人一整天手機都不充電，我只好打給樂晴，她才跟我說那個人要來這裡買東西。我一忙完就趕緊過來，害怕那個人買太多東西提不動，誰知道一來就看到讓人傷心的一幕。」

我忍不住笑了，牽起他的手，和他十指交扣，拉著他往生活用品區走去，「順便買些衛生紙，你家的衛生紙好像快用完了。對了，還有衣物柔軟精和洗碗精也都要補貨。」

他一臉心不甘情不願地被我拖走。

經過電視區時，他停了下來，拉住我，「妳房間那台二手電視要不要換一下，都用了八年，又是舊型的很占空間。」

我搖搖頭，「不用了，房間電視很少看，要看去客廳就好啦！」客廳那台五十吋大螢幕電視是立湘參加設計比賽拿到的，她說要放在客廳讓大家一起用。都有這麼好的電視了，幹麼還浪費錢買一台新的放房間。

「好吧！」

正要繼續往前走，電視區的電視恰好又播了早上我看到的求婚新聞片段。我本能性地想要離開，康尚昱卻看得目不轉睛，一直要我等他一下。

結婚兩個字一直出現在我的耳朵邊，我不禁有點煩躁，「走了啦！有什麼好看的！」我說。

他繼續盯著螢幕，「好啦，再看一下。」

我放空思緒等他看完，他笑著牽了我的手往前走，然後對我說：「這麼老土的求婚方式，現在還有人用喔？」

我忍不住翻了個白眼，「需不需要我當個網民去匿名留言，某某大飯店的主管說包餐廳求婚是很老土的事，請大家不要去包某某飯店的餐廳。」

康尚昱大笑，「拜託妳一定要去留言。」

「我一定會。」我賭氣地說。

「一定要啊！最近景氣不好，的確需要一點新聞刺激一下，反正不管好事壞事，能幫公司賺錢都是好事。」

我懶得理他。

他的專業嘛，就是利用行銷手法欺騙社會大眾啊！

然後他又繼續說：「說真的，女生真的會喜歡這種嗎？包下一整間餐廳，再請親朋好友來，不覺得很尷尬嗎？」

「我不知道。」

「為什麼不知道？」他問。

我又沒有被求過婚，我怎麼會知道？真不曉得他到底是哪裡來的生物，怎麼會遲鈍成這樣，我一點都不想跟他聊有關結婚的話題。

「你要結婚嗎？問那麼多幹麼？」我沒好氣地回答。

「只是意見交流啊，跟結不結婚有什麼關係？妳想結婚喔？」他最後一句話語氣帶點挑釁，我的火氣不知不覺竄了上來。

回頭看他一臉無所謂的表情，我的胃隱隱作痛起來，好像結婚這兩個字只成了我的痛處，對他來說什麼都不是。

「誰想結婚了？我也不一定要跟你結婚啊！」我氣得轉身離開，直接要去結帳。

他被我突如其來的憤怒嚇到，「怎麼了？不是還要買衛生紙？」

我再看了他一眼，他依舊狀況外的表情，如此地單純，我的氣也不知道該往哪裡發洩，只好往肚子裡吞，真希望有一天我可以比他更狀況外。

「下次再買，樂晴等著這些做菜。」我冷淡地說。

什麼衛生紙、洗衣精？通通自己去買吧！

走回家的路上，他跟在我後面不停地問「妳為什麼突然心情不好」、「是因為我叫妳去留言所以生氣嗎」、「還是妳不喜歡跟我交流包餐廳的事」。

我走在前面，苦笑不得，只能猛搖頭。

我怎麼能跟他說是因為你沒有要跟我結婚，因為你沒有準備要娶我，因為你在某一天可能離開我的生活，因為你的未來裡面，可能沒有我童依依，

而我不是生氣，只是有點難過，只是有點想哭。

面對珍愛的人，寬宏大量在愛情裡只是一段無關緊要的字句，愛到最後，都只能平凡地成為一場永無止境的佔有。

第三章

「童依依，外找。」一坐在窗邊的同學冷淡地喊著我的名字。

我並沒有意外，也不認為從國中的環境換到高中後，我的一切就可以重來。班上仍然有許多國中就和我同班的同學，我的背景底細他們知道得一清二楚，我其實就只是換個環境、換套制服，然後繼續被排擠，沒有什麼好不習慣的。

我放下手上的筆，闔上英文課本，冷靜地走了出去。幾乎每天都有人要找我，有些，是同父異母姊姊們的好朋友來替她們打抱不平。有些是康尚昱的崇拜者，也是來替他打抱不平的。有些就是單純看我不順眼，因為我在國中禮堂外親了康尚昱的破格舉動，完全地被女生討厭了。

一天當中我至少會聽到幾次「妳給我小心一點」或是「妳怎麼那麼不要臉」，聽久了，我都自然當成：啊，她們希望我注意安全。或者是：啊，她們稱讚我很有勇氣。有時候，我甚至會跟她們說聲「謝謝」。

在家裡，看到媽媽的各種辛苦和勞累，我已經隱忍到沒有力氣去在乎太多別人對我的意見，我只想趕快考上大學，離開這裡，去一個沒有人認識我的地方生活。

我走出教室，有三個女生站在走廊。我瞄了一下她們胸前的學號，繡在胸前的學號旁是三條槓，應該是三年級的學姊。站在中間長很漂亮的女生趾高氣昂地指著我說：「妳跟我來。」然後漂亮地轉身就走。

但我仍然站在原地。

她們發現我沒有跟上，又轉過身來看我，「我叫妳跟我來，聽不懂中文嗎？」

「再三分鐘就要上課了，有什麼事可以直接說嗎？」等等還要英文小考，我實在是沒有心情，給她們三分鐘已經是我最大的極限了。

漂亮女生狠狠瞪了我一眼，站在她兩旁的左右護法伸手想把我拉走，我側身躲開了，嘴裡忍不住「嘖」了一聲。要找別人麻煩真的要很閒才行，都高三了，不好好準備大學聯考，還有時間在這裡做這些有的沒有的事。

左護法對我吼了一聲，「妳居然這樣跟學姊講話，有沒有家教？」她這一喊，全部的人視線都放到了我們身上。

真不曉得沒有家教的是誰。

我深呼吸了一口氣，再一次問她們，「請問有什麼事嗎？」

站在中間的漂亮女生走到我面前，一開口就問我，「妳知道我是誰嗎？」

我誠實地搖了搖頭。全校人這麼多，我連班上同學都不熟了，怎麼可能曉得三年級的學姊誰是誰。

「我是康尚昱的女朋友。」她這樣對我說。

我無奈地在心裡嘆了很大一口氣，「妳成為他女朋友這件事有經過他的同意嗎？」我反問。

「妳這話是什麼意思？妳介入我們之間還敢跟我講這種話，妳要不要臉啊？跟妳媽一樣不要臉是不是？跟妳媽一樣都想當人家第三者嗎？」漂亮的人，如果嘴巴說不出好話，臉蛋就是白長的。

到目前為止，罵我的人也僅止於罵我，她倒是第一次連我媽都罵的人。

我沒有生氣，我沒有像電視劇裡和我相同遭遇的小孩那樣，指著她們說：妳們可以罵我，但不能罵我媽！事實上，我媽是真的做錯事，她的確介入了別人的家庭，把我這個別人的負擔生下，所以我媽是該罵，但絕對輪不到這些小孩來罵。

這時上課鈴聲剛好響了，我一句話也沒有說，抓著那位自稱是康尚昱女友的學姊就往前走。

「妳幹麼？」她想掙脫，我仍然死死地抓著她不放。她的左右護法看到我這樣狠狠地抓住她們的朋友也嚇到了，什麼話也不敢說，只能在一旁跟著走。

走到康尚昱的教室，幸好老師還沒有來。我把她拉到康尚昱旁邊，他看到我來了，一臉驚訝又開心地笑著對我說：「妳怎麼來了？」

這時候，我又成為大家觀賞的目標。

看到他的笑容，我的火氣更大，怎麼這些女生不去煩他？老是照三餐來煩我？我很老實地把過程告訴他，「她來跟我說她是你女朋友，說我不要臉，說我介入你們中間，你要不要處理一下？」

在我說完話的那一瞬間，那位自稱是康尚昱女友的漂亮女生臉色立刻發白，膽怯地看著康尚昱，和剛剛看我的眼神完全不一樣，我還以為我拉錯人了。

康尚昱的表情也瞬間冷漠，問那個漂亮女生，「小慧，妳真的這樣說了？」

我並不想參與他們的討論，我還得回去參加英文小考。我語調冷淡地告訴康尚昱，「我希望這是你在外面最後一個傳說中的女朋友，不然我會直接成為你的前鄰居、前青梅竹馬，或是前女友。」說完，我就在眾人的目光注視下離開他們的教室。

這天，我又成了全校的話題。

放學時，我依然留到最後才走。如果不想被人在背後指指點點，最好的方法，就是不要讓別人走在你的背後。

國中畢業典禮那天回家之後，我深深反省了，告訴自己不能再這麼衝動行事，不能讓別人再有話可說。於是我跟康尚昱約好，上了高中，在學校就當作不認識，不要一起上學、不要一起吃飯，當然也不要一起放學。

沒想到，約法三章並沒有讓我的生活比較輕鬆。

走出教室外，看見康尚昱站在走廊上，我無視他，繼續往前走。他跟了上來，才想要開口的時候，我馬上先說：「我不想聽你解釋。」

「我沒有要解釋啊！」他堂堂正正地問話。

我抬起頭，看著他一臉正氣凜然的樣子，真的好想打他。

「幹麼這麼樣看我？根本沒有什麼好解釋的啊，妳本來就知道我跟她們只是朋友，不然妳怎麼沒有一哭二鬧三上吊？」

男生談戀愛時講話都這麼欠揍嗎？

「隨便你。」我繼續往前走。

康尚昱從後頭拉住我的手，「我跟妳約好，從現在開始，今天這樣的事絕對不會再發生。」

轉過頭，看著他認真的表情，我不禁嘆了口氣，「你不要跟我約好，你跟你自己約好就好。」

他又對我露出大剌剌的笑容，雖是伴著日落的微弱陽光，看起來依舊如此燦爛。

隔天到學校的時候，大家看我的眼神都非常奇怪，女同學們紛紛迴避我，男同學們只要和我對到眼，就會點頭和我打招呼，然後喊我，「嫂子！」這比被罵還要讓我驚恐。

「嫂子好！」

「嫂子，昨天睡得好嗎？」

「嫂子，書包重嗎？我來幫妳提。」

嫂子！嫂子！嫂子！嫂子！嫂子！嫂子……

「依依！依依！依依！依依！依依！依依！依依！依依！依依！」

誰叫我依依？我矇矓之間睜開了眼，立湘的臉在我面前放大。我迷迷糊糊間忍不住懷疑，我高一就認識立湘了嗎？

「依依，已經八點半了！妳快要遲到了！」立湘在我耳朵旁邊說著。

我頓時所有的精神都回來了，馬上睜開眼睛，看了一旁的鬧鐘，真的顯示八點半，不！是八點三十五分了。我趕緊拉開被子，跳下床，迅速跑進浴室，用最快的速度刷牙洗臉。

「咖啡和早餐都在客廳，帶去公司吃吧！我帶阿咕咕去散步。」立湘在門外說。

「好。」我被睡過頭的時間嚇得只能虛脫地回應。

怎麼會突然做了這個夢？我刷著牙，回想起那時候的情景，忍不住默默地微笑。從那天起，我在學校裡就再沒有人「外找」，託「嫂子」兩個字的福，即使康尚昱畢業，高中的生活我仍然平安地過完了。

「依依，八點四十八分了。」這次換成明怡的聲音。

我趕緊再次回過神，吐掉口中的泡沫，用更快的速度漱口洗臉換衣服，然後衝出房門。明怡已經幫我拿好早餐和咖啡站在一旁，準備等我穿好鞋子後接手。

「妳的臉怎麼這麼腫？」明怡問我。

「還不是昨天吃太多了，樂晴還拉我陪她把那四瓶甜酒喝完，怎麼可能不腫。」現在連穿上高跟鞋都覺得好緊。

「等等去公司多喝水。」明怡叮嚀著我。

我點了點頭，然後看向她，「妳不是這星期都晚班嗎？怎麼那麼早起？」她的臉色有點蒼白。

「可能有點感冒吧！頭很痛，睡不好。」她虛弱地笑一下。

「我房間有藥，妳去拿來吃，不然等等快去看個醫生。」我說。

她點了點頭，我正要出門時，又想起了一件事，「對了，我梳妝台上有個紅色的皮夾，妳幫我拿給立湘。我看到她皮夾邊都磨破了也不去買個新的，每天都宅在家不出門，也不去交男朋友。」

明怡笑了笑，「好，我再幫妳拿給她，妳快去上班吧！」

我接過早餐和咖啡，開始和時間賽跑，今天肯定又得搭計程車了，再這樣下去，我可能會成為台灣第一個搭計程車搭到破產的人，下定決心明天一定要準時起床搭公車。我從在巷底的家快速跑到巷口，期待我一到巷口就有計程車直接停在我面前。

經過巷口早餐店時，我又聽到樂晴在大吼，「童依依，妳又睡過頭了？」

我對她揮了揮手，繼續奔跑。還好，不到兩分鐘我已經攔到一輛車了，在時間緊迫時，我總是感謝台北的小黃數量如此密集。

到公司的時候，是九點二十分。

但我一點都不開心，因為排隊搭電梯的隊伍已經排到大樓外的人行道上。太失算了，我怎麼會忘了，上班最耗時的不是交通，而是排隊等電梯。

我默默地排到後面，然後瞄到隊伍前方的林裕芬一臉得意地看著我。她的確應該得意，因為她是下一趟就可以搭上電梯的幸運兒。想來都覺得荒唐，怎麼會連搭得到電梯都變成一件幸運的事。

我看了看手上的錶，焦急地看著林裕芬走進電梯。在電梯門關上的那一刻，她一臉驕傲，還對我投以「妳肯定會遲到」的同情眼光。

我這輩子最討厭的眼光就是同情。

我索性連隊也不排了，今天如果遲到，我就跟林裕芬一起姓林。我決定走樓梯，帥氣地打開安全門，開始往八樓奔跑。跑到四樓的時候我已經後悔了，我為什麼不能平靜地讓林裕芬同情就好？

跑到六樓，已經呼吸困難。

跑到七樓，雙腳已經癱瘓。

跑到八樓，只想立刻請假回家。

我力氣用盡，氣喘吁吁地拖著不聽使喚的雙腳，打了上班卡，時間是九點二十九分，然後我整個人就虛脫地蹲在打卡機前。經過的櫃台妹妹嚇了一跳，「依依姊，妳沒事吧！」

我還在喘，上氣不接下氣地點了點頭。過了三十歲體力開始變差，不運動真的不行，得要找時間多跑跑步了。

「要扶妳一下嗎？」她一臉擔心地看著我。

我搖了搖頭，站起來，深呼吸幾口氣，保持鎮定地走到九樓我的座位。林裕芬正在喝咖啡，對於我能這麼快到達，臉上表現出驚訝。

「妳插隊嗎？」她問。

我搖搖頭，一派輕鬆地說：「我走樓梯上來的。」

「妳瘋了嗎？」她更驚訝地問。

「還好吧！八樓而已，走一下就到了。」我講得雲淡風輕，但沒有人知道，我一坐上椅子的時候，已經累得把高跟鞋脫掉了。

沒有逮到我的小辮子，林裕芬一臉懊惱，看得我真是心情好好。

我在心裡哼著歌，邊吃樂晴幫我做的早餐，邊喝立湘幫我泡的咖啡，邊看公文和email。生活嘛，就應該要這麼愜意才是。

「妳昨天是喝多少酒，臉好腫。」她問。

「帶回家的都喝光了，很好喝啊！給妳的那瓶妳還沒有喝嗎？」為了體恤她的辛苦，昨天我還分了一瓶酒給她才下班。

她笑了笑，一臉得意地說：「我親愛的明天要做燭光晚餐給我吃，我打算明天再開來喝。」

「嗯，我親愛的都不會做燭光晚餐，只會帶我去吃大餐。」我也適當反擊，用著和她一樣的得意聲調回應。一起找好吃的店是我和康尚昱兩個人假日的樂趣，只要在網路上看到部落客介紹哪間餐廳好吃，我們就會安排時間一起去吃，一起開心。如果東西太難吃，也會一起開罵。

林裕芬對我「嘖」了一聲。

我笑了笑，心情很好地收拾了桌面後開始認真工作。處理好日常工作事項，我桌上的分機響了。

「童祕書嗎？我是業務一課的王經理。」王經理的聲音聽起來有點急。

「是，請問有什麼事嗎？」

「總經理到了嗎？」

「還沒。」

「因為美國客戶客訴的事到現在還沒有處理好，剛才總經理打電話來發了好大一頓脾氣，等等他進來，可以麻煩妳……」王經理話講到一半我已經知道他的意思。

「好，我會盡力。如果可以，也請你們盡量多想幾個目前可行的補救方案。你們都知道大老闆的脾氣，他要的只是一個解決的辦法。」我說。

「我知道，我知道，我們全組員現在都在想辦法，麻煩妳了，童祕書。」王經理再三拜託，反而讓我覺得不好意思，我能做的也有限。

才剛掛掉電話，總經理就到了，不用說，臉上表情當然是很臭。

我趕緊泡了一杯雙糖的蘋果茶，再從茶水間的冰箱裡拿出幾塊白巧克力，總經理心情不好的時候，最需要的東西就是甜食了。

我走進辦公室，看到他生氣地在打電話，「十分鐘後到會議室開會。」然後再用力地掛掉電話。

把蘋果茶和巧克力放到總經理的桌上，他好像明白什麼似地苦笑了一下，「已經打電話來向妳求救了？」

我微笑著聳了聳肩，「所以，總經理就喝喝好茶，吃點巧克力，等一下少對他們發點火，他們很努力在想辦法解決了。總經理不是說過，只要不是故意做錯事，都在可原諒的範圍？」

他端起茶喝了一口，微笑地看著我，「他們真的是找對救兵，妳等等跟我一起去開會。」

我點點頭，然後出去準備開會需要的資料。

幸好，會議整場下來總經理還能控制情緒。中間一度連我也想發火，原本一個簡單的客訴問題，也能處理到變得這麼複雜，搞到最後還得總經理親上火線解決。這關係的不只是公司聲譽，還會影響到下一季的訂單。

所以，一步出會議室，我就趕著幫老闆處理到美國出差的事宜。坐到位置上，我馬上先打電話給孫大勇，他是旅行社二代，但不是小開，因為他們家的旅行社真的是平常人看了都不會想進去的破爛，可是一家人的工作能力都超強，靠著孫大勇爸媽累積下來的人脈，不管我想要的機票有多難安排，孫大勇都能幫我拿到。

「你幫我看一下，明後天去美國加州還有沒有機位？」我說。

孫大勇慵懶的聲音從另一頭傳來，「嗯？」

在這種急迫的時刻，再聽到他這麼散漫的聲音，我真的是很想哭。孫大勇完全是個咖，大三的時候，他轉學到樂晴班上，聽明怡說兩人還打過架。後來孫大勇變成樂晴的小跟班，但明眼人都看得出來他們之間不單純啊！只是樂晴沒有說，我們也不會刻意追問。

順道一提，孫大勇是康尚昱唯一認可可以一起打電動的對手。他們兩個只要一起打電動，能三天三夜都不睡覺。

「幫我查明後天去美國加州的機票。」我再說一次。

「嗯，睡醒就幫妳查。我剛夢到蒼井空和波多野結衣，我要再去找她們。」他聲音含糊地回答我。

我在電話這頭翻了白眼，「那我叫樂晴打電話給你。」

「不用，幹麼這麼麻煩還浪費電話費！」他聲音開始變清晰，感覺樂晴兩個字完全讓他精神都來了。

「我希望是明天下午或晚上的班機，幫我訂好之後mail給我。」我笑笑地說。

他無奈地回答，「嗯！」

我滿意地掛掉電話後，再撥電話給康尚昱。從事飯店業的人訂飯店有他們的訣竅，我只要告訴他要住在哪一區，他一定能幫我找到價格好、地點好又舒適的飯店。總經理每次出國都對我選的飯店讚譽有加，只有天曉得，其實全是康尚昱選的。

「忙嗎？」聽見他接起電話後，我問。

「不忙。」他在電話那頭語帶笑意。

「你有錢吃飯嗎？」剛才要從包包裡拿出手機時，才發現他的皮夾還在我這裡。昨天幫他繳完所有費用，再辦完轉帳，一直記著要拿給他，結果酒一喝又忘了，他也不自己拿。

「上班又花不到錢，我在飯店上班，也餓不死。」

「是這樣說沒錯，但是萬一你臨時要用到錢怎麼辦？還是我中午幫你送過去？」我很難得這麼主動要幫他服務，想到昨天我喝了那麼多，他一定在旁邊氣了一整晚，我喝到連他什麼時候回去的都不知道。

女人，一定要能屈能伸。

但他果斷回答，「不要，我不想看到妳，妳今天臉一定很腫。」我就知道，他怎麼可能那麼輕易放過我，這下不知道又要生氣多久了。

我故作鎮定地回他，「早上就消腫了。」然後開始轉移話題，「那個，我們老闆要去美國，幫我找飯店。」

「童依依，我真的對妳很失望，我還想說妳知道自己昨天喝太多，特地要來認錯的，我還開心了一下，打算要原諒妳了，結果居然是叫我訂房間，妳都不知道我現在心有多痛。」

他不去演戲真的很可惜。

「訂房間只是順便，我是真的知道自己喝太多了，我答應你，今年再也不喝酒了。」我真的是下了決心。

「喂！妳真好意思，現在十月份都要過一半了。」他不屑地回答。

我在電話這頭大笑，完全沒想到現在到底是幾月。日子總是過得好快，從二十五歲開始，就不再是一天過完又一天，而是一年過完又一年，明年我就三十一歲了。

「不然……因為你今天不想看到我，那我明天去你那邊住，當作贖罪，OK？」

「還有後天。」他又再追加。

「OK！」我很爽快地回答，反正只要他不盧我，什麼都好。

男人武裝起來的牆真的比想像中更容易倒塌。

接著他恢復正常，「房間訂好了之後我再 mail 給妳，我晚上還有會議要開，很晚才能下班，妳下班就快回家休息，我到家會給妳電話。對了，妳家裡應該沒有酒了吧？」

「沒有！」我沒好氣地說。我們喝酒的次數真的比以前年輕時少很多了，想當初，我們買酒可是一箱一箱在搬的。

和康尚昱的通話結束後，孫大勇訂好的班機資料也剛好 mail 到我信箱。我回到工作上，接著就再也停不下來，連午飯也沒有吃。大老闆要出國的事太過匆促，必須準備的事情實在是太多，幸好還有孫大勇和康尚昱幫忙，不然，光是安排機票和飯店我就一個頭兩個大了。

一直忙到五點半，才把所有事情告一個段落。最後，在電話裡和總經理重新確認過明天到美國出差的各種注意事項後，我才安心地下班。

回到家，我累癱在沙發上。阿咕咕看到我回家，還熱情地跳上我的肚子，搞得我空蕩蕩的胃一陣緊縮。趕緊起身到廚房倒了水喝，在廚房做菜的樂晴一看到我的臉馬上就說：「妳中午又沒有吃飯了？」

我點了點頭。

「妳真的是……」她想罵我又沒有時間罵，因為她的雞塊快要焦了，只能趕快動手撈上來。她接著說：「小桌子上有我今天下午剛做的小餐包，妳先吃一點，等等就可以吃晚餐了。」

我無力地回應，「好。」但還是走回沙發上繼續癱著。

樂晴一邊唸我，一邊炒菜，「明知道自己胃不好，還老是三餐不正常。動不動就胃痛到沒辦法下床的人，沒有資格少吃哪一餐好嗎？我看明天再幫妳燉個山藥排骨湯好了。」

我癱在沙發上，聽著樂晴說的一字一句，要說全天下最常唸我的人，除了康尚昱，就是林樂晴了。我媽沒有時間唸我，因為她得花更多時間去照顧別人。而沒有父母的樂晴，小小的身子，比起我們任何一個人都更需要溫暖，她卻總是用盡她的一切來關心我們。

看著樂晴在廚房的背影，我不知不覺感動得有點想哭。

她突然轉過頭來看了我一眼，然後皺起眉頭，「妳這表情到底是胃痛還是想去上大號？」

我感動的心情在剎那間消失得無影無蹤。

「可以吃飯了，快點過來，等等先點喝雞湯再吃固體食物，有沒有聽到？」對著我喊完，她又朝立湘的房間喊，「朱立湘，吃飯了，放開妳的電腦，快一點！」

立湘很乖地在十秒後從她房間走出來。她看了一眼癱在沙發上的我，默默走到沙發前蹲下。我很不客氣地爬到她背上，讓她把我背到餐椅上坐好，這是我們的默契。

我們三個都被立湘背過。樂晴有一回出車禍腳骨折，立湘背了她三個月。明怡頭痛到爬起不來，也是立湘背她。我最常問立湘的就是，「妳每天熬夜，為什麼身體還這麼好？」我幾乎沒有看過她生病。

她總是冷冷地說：「可能我聰明吧！」

聽她這麼說，我會走到一旁猛翻白眼。

樂晴幫我舀了碗湯，讓我慢慢喝。十分鐘過後，我才覺得我活過來了，胃慢慢舒暢了些，才開始好好吃飯。

門鈴突然響起，樂晴跑去開門，來的人是是孫大勇。他走進來，對我和立湘點了個頭，很自然地自己添了碗飯，拉開椅子坐下，然後默默開始吃飯。

十年來如一日。

「那個陽台的燈壞掉了，等等幫我換一下。」樂晴對著他說。

「嗯。」又是一道低八度音的回答。

「你和蒼井空還有波多野結衣在夢裡相處得好嗎？」我想到早上的事。身為有十年交情的朋友，多少應該要關心一下。

他無奈地放下碗和筷子，「都嘛是妳！她們只跟我說完嗨就不見了。妳知道我有多久沒見到她們了嗎？」還邊說邊抓頭，那樣子說有多懊悔就有多懊悔。

我笑了笑，「你回家打開電腦就可以看啦！硬碟裡應該有不少吧。」

樂晴瞪了他一眼，「他都抓檔案抓到電腦中毒了！」

他馬上反駁，「明明是妳在電腦上亂開連結才會中毒，還好意思說。妳的手就是不能碰3C產品，我的 **iPad** 被妳一碰，**home** 鍵整個沒有反應。還有，我的單眼相機被妳一碰，ISO就不能調。電腦才剛新買回來，好不容易下載幾本漫畫和片子，就馬上要送去修理，我都還沒看……」他又開始抓頭。

樂晴一陣臉紅，我在一旁大笑個不停。

然後立湘突然出聲音對我說：「那個皮夾很好看，謝謝。」

我笑笑，摸了摸她的頭，她小我兩歲，我真的把她當作自己的妹妹。「拜託妳，不要老是待在家，偶爾出去走走，去買點衣服鞋子，去談個戀愛好嗎？全台灣活到二十八歲還沒有談過戀愛的女人，除了妳真的找不到第二個了。」

每次聽到這個話題，立湘就會笑著點點頭，不知道為什麼，我總是覺得她的笑容很不自然。但人都是這樣，面對越親近的人，有些祕密就越說不出口。反正，不管什麼事，我都是立湘的後援，這點不會改變。

我也回應她一個微笑，突然想起明怡，「對了，明怡去上班的時候還好嗎？我早上要去上班時，她說她有點不舒服。」

「她說已經吃藥了。」立湘回答。

「她最近都上晚班，兩點才下班，回到家那麼晚了，一定都沒有睡好。等一下你回家的時候，幫我拿雞湯去給明怡喝。」樂晴看著孫大勇說。

他一臉驚恐，「不行啦！我跟組員約好了，九點要上線打副本耶。」一說完，他就又被樂晴揍了。不過，不管樂晴再怎麼揍，都揍不熄他深愛打電動的熱情。

這也是另一種堅持啦！

「我拿去好了，順便拿東西給康尚昱。」這傢伙身上只有一千塊，我實在是不放心。上次錢包放在我這裡忘了拿，結果還請客戶去吃飯，害我晚上十二點多還出門幫他付錢。

我的話說完，落在孫大勇身上的拳頭才停止，樂晴起身開始準備要給明怡的餐盒。

我小聲地對孫大勇說：「你不感謝我嗎？」

他一臉嚴肅地看著我，伸出食指在我面前左右搖晃，很堅決地說了聲，「NO.」

「樂晴。」上個月有一次樂晴叫他去買麵粉，結果他跑去打電動，我決定把這件事揭發出來。

他一聽到樂晴的名字，馬上在我面前下跪，雙手合十恭敬地喊著，「姊姊，我真的很感謝妳，姊姊像月亮，照耀我家門窗，聖潔多麼慈祥，發出愛的光芒……」

這詞好像在哪裡聽過？

我還在思考，樂晴已經走過來把袋子放到我面前，「我準備了兩份，另一份給學長。記得，盯著明怡吃完再回來。」

我點點頭。

她轉頭，看到孫大勇還跪在地上，「你不吃飯在幹麼？」

「喔，我是在看地板好像有點髒。」他抬起頭，假裝沒事地笑著說。

「是有點髒，你吃完飯拖完地再回去吧！」樂晴也笑著回答他。

孫大勇臉色大便，不，是大變。

我則是事不關己，開心地拿著餐盒還有康尚昱的皮夾，快快樂樂出門去了。

從住的地方到康尚昱和明怡工作的飯店並不遠，在巷口的公車站搭車，三站就可以到了。康尚昱一定會嚇到，我多久沒有幫他送過便當了？最近一次是三個月前，他生日當天還得加班，我於是帶了蛋糕去陪他加班，他下班後再一起去永和豆漿吃早餐，那整個星期他心情都超好的。

到了飯店，一走進大廳，櫃台的 Alice 揮手和我打招呼，「依依姊，妳今天要找明怡副理還是尚昱經理？」

我笑了笑，走到櫃台前，「兩個都要找。」

Alice 開朗地回答，「沒問題，妳等我一下，我幫妳打分機。」先是明怡接了分機電話，說一分鐘後下來，但康尚昱的分機沒有回應。

Alice 想再繼續撥的時候，我趕緊出聲，「沒關係，不急，他可能在開會，我再請明怡把東西拿給他也可以。」

Alice 笑了笑，「好。」

明怡很快來到了我面前，有點驚訝地問：「怎麼啦？怎麼來了？」

我搖了搖手上的餐盒，「樂晴怕妳上太多晚班，營養不良，叫我來送愛心便當，妳頭痛好一點了嗎？」

明怡一臉欣慰地點了點頭，「妳從日本帶回來的那個藥真的很有效，我吃下去之後睡一下就沒事了。」

「那就好，快點，有雞湯，要趁熱喝。而且，樂晴說要盯著妳喝完我才可以回家。」

明怡笑了笑，把我帶到他們的員工休息室。我拿出她的那一份餐點，遞到她面前，「本日菜單是泰式炸雞塊、香煎鯖魚、番茄豆腐炒蛋、肉絲菠菜，還有燉雞湯！」樂晴的手藝真不是蓋的，之前她也在這間飯店實習過，是連大廚都稱讚認證的手藝。

明怡開心地吃了起來。看她吃得津津有味，我也不知不覺感到幸福，明明不是我做的菜，還是有著濃濃的驕傲感。

明怡無意間看到袋子內還有一份，便直接問：「這是學長的吧！」

我點點頭，「樂晴準備的。剛才Alice打他分機沒有人接，應該是在開會吧！」

「是嗎？我記得今天的會議都結束啦！我半小時前還碰到過學長，他還說他今天已經忙完了，要去找妳啊！」明怡疑惑地說。

「這樣啊，我也不知道，他早上是跟我說晚上要加班，反正等等妳遇到他的話再幫我拿給他吧！」本來想讓他高興一下的，這麼一來只好算他不幸損失了。

明怡點了點頭。

花了半個小時和明怡亂聊，總算看她把東西都吃完了，我才滿足地準備離開，「晚上那麼晚回家，要小心一點喔！我先走囉！」

明怡點點頭，我和她揮手道再見後走出休息室。

快走到大廳時，才想起我外套裡還有康尚昱的皮夾，忘了請明怡轉交。我折返回去，走到休息室時，明怡已經不在休息室了。我正掙扎著是要先回家還是把東西送去康尚昱辦公室，不知不覺已經走到康尚昱的辦公室前。

門是半開的，我小心地推了推門。

我看到他和一個女人正在講話，但他並沒有發現我走進來。原本我以為那個女人只是單純的客戶或同事，打算再悄悄退出去時，突然覺得那女人的臉非常眼熟。停下腳步仔細一看，我全身血液凝固，一種被背叛的感覺狠狠地甩了我兩個耳光。

康尚昱發現我站在門口，他驚訝地轉過頭看我，頓時失去了反應。那個女人也轉過頭來看著我，那張臉孔這麼清晰地在我眼前，我的眼睛像被針刺到一樣，痛得想流眼淚。

她緩緩走到我面前，對我說了聲，「好久不見。」

我沒有回答她，甚至不想看她，於是別開了臉。

康尚昱也走到我旁邊，故作輕鬆地說：「依依，妳怎麼來了？我剛下班，正準備要過去找妳。」

我望著他的臉，一句話都不想回答，現在這種狀況下，這是他該對我說的第一句話嗎？

我氣得把皮夾丟到他面前，打算轉身就走的時候，他伸手抓住了我，一臉恐慌，「依依，有話好好說。」

我火大地甩開他的手，有話是可以好好說，但我現在一點都不想說話，沒有話可說。我無法相信，我深愛的男朋友，居然會跟這個世界上我最討厭的女人繼續聯絡。

我以為，我跟康尚昱的生活已經和她脫離關係很久了。

但現在，老天爺可不可以告訴我，我的男友發生什麼事了？腦子被誰灌了水泥嗎？還是被誰下了降頭？

「依依，心安只是來台北出差，剛好住在我們飯店。我們剛才在大廳遇到，然後我帶她過來辦公室聊一下而已。」

「隨便你，你說了算，不干我的事。」我生氣地看著他。事實上我現在一點都不想聽他解釋什麼，我現在只覺得臉很燙，全身都很燙，燙到簡直快要自燃了。

現在，我只想立刻離開。

我走到辦公室門外時，那個女人又出聲了，「妳怎麼還是這麼沒有禮貌？一點也沒有改變。」

我不想理她。

但她好像不打算放過我，在我要抬起腳步走掉時，她又在我背後說：「看來小媽還是沒有把妳教好，連看到姊姊也不知道要打招呼。」

我停下腳步，冷冷地回答，「我媽只生了我一個女兒，不好意思，我沒有姊姊。」然後重新深深地吸了一口氣，徹底地離開那個現場。

是的，我作夢都沒有想到，我會在這裡，在康尚昱面前，再和她這個同父異母的二姊碰頭。原本以為大姊的粗魯和語言暴力已經是極限了，但童心安這個二姊，完全就是隻陰險的笑面虎。

她會想盡辦法教訓我，不是因為我搶了她的父親，是因為我搶了她的康尚昱。

童心安原本一直把我當作透明人對待，對我完全漠視的，就在我國中畢業典禮那一天，她來到我房間和我狠狠打了一架。她用剪刀亂剪我的頭髮，我拿奇異筆猛塗她的臉，她撕破了我的衣服，我扯爛了她的裙子。

那個晚上，我和她被罰跪在童家祖先面前一整晚。她跪在我的右手邊，說著，「我不在乎我爸被妳媽搶走，但妳不能搶走康尚昱，妳出現之前，我們是最好的朋友，最好的青梅竹馬，妳憑什麼搶走他？」

發火打架的後勁還在，我跪在她左邊，不服輸地回答，「憑他喜歡我。」

然後，我們又在童家祖先面前狠狠幹了一架。父親氣得把我們兩個各關了一個月的禁閉，我非常高興，因為這一個月至少可以讓我把頭髮留長一點，不用在看到康尚昱的時候覺得丟臉。

接下來的日子，童心安就想盡一切辦法修理我。

世界上最知道我有多討厭、多憎惡童心安的人，就是康尚昱了。世界上知道我和童心安究竟打了多少次架的，也同樣只有康尚昱。世界上知道我無論如何都不能接受康尚昱和童心安聯絡的人，還是只有康尚昱。

康尚昱什麼都知道，他卻在今天做了讓我非常難過的事。

祕密不是你騙我或是我騙你，而是愛情裡你和我的距離。祕密越多，隱瞞越多，你和我之間就會越離越遠，然後漸漸忘記了相愛的溫度。

第四章

「依依，妳以前和心安不是相處得很好嗎？怎麼又和心安打架了？」媽媽走進我房間，坐在我的床邊，一臉不解地看著我問。

聽到這句話，我在心裡冷笑了一聲。

「相處得很好」這五個字太言過其實，我和童心安之前的相處沒有一點溫度，她不會主動找我說話，我也不會對她主動微笑，我們在各自的二次元世界裡穿梭，唯一的接觸，也只有媽媽要我去叫她下樓來吃飯的那一分鐘而已。

相對於童心菱明著來的欺負，童心安的冷漠讓我更有壓力，因為我根本不知道她在想什麼。

她應該要像她的姊姊一樣，恨我，也恨我媽，對我吐口水，找人教訓我，但她並沒有，只是非常冷漠。

也因為這樣，我媽對於心安更存著一種感激之情，認為她是全家唯一一個肯接受她的人，所以非常疼愛心安。原本媽媽只會織手套、圍巾、毛衣給我，現在連心安都有一份，而心安也會拿出來用，這更讓我媽感動。

所以當我跟心安打架，兩個人被拉開時，媽媽會先指責我，「妳為什麼打心安？」而不是責問心安，「妳為什麼打依依？」

我從來不知道童心安喜歡康尚昱，我只知道他們年紀一樣大，比起十歲才認識康尚昱的我，童心安和康尚昱相處了更久的時間。康尚昱曾對我說過，童心安是他的好哥兒們，我們卻從沒有和他這位「好哥兒們」一起玩過。

因為，有我在的地方不會有童心安，而有她的地方也不會有我。

當我開始和康尚昱變得要好，我也感受到她對我的眼神變得更加冷漠，總會在一旁偷偷觀察我和康尚昱。一開始我會覺得奇怪，但久了我也就習慣她的眼光，根本沒有想到是因為童心安對康尚昱有另一種感情。

我在畢業禮堂外面親了康尚昱的事，在我回到家之前，八卦已經傳回父親耳裡。所以當我一進家門，馬上被父親叫進房間訓話，等到被訓完話，走回自己的房間，童心安就衝進來開始跟我打架。

之後，她對我不再冷漠，而是挑明地動手動腳……

這天我用吹風機吹著剛洗好的兔子娃娃。十分鐘前它被潑了墨汁，不論我再怎麼洗，白色的兔子娃娃最後還是只能恢復到灰色，這是上個月我和康尚昱逛夜市時打了好幾次彈珠才贏來的。

就因為我和康尚昱去吃個刨冰，被她和朋友撞見，我一回家就看到兔子躺在地上，流著黑色的血。

我能不揍她嗎？

但這些事我不想跟媽媽說，因為不會得到解決，她永遠只會叫我多讓著心安一點。我不懂我到底是做錯了什麼，必須不停地對她讓步，如果只有讓出康尚昱才可以不用這樣被她欺負，那我寧願被她欺負一輩子。

「依依啊！」媽媽又準備開始說她那一套忍耐生活須知，我已經聽膩了。

「媽，我想睡了。」我關掉吹風機，把灰兔子和自己丟到床上，拉起棉被，拉開我和母親的距離。雖然因為和心安打架的關係被父親禁止吃晚餐，肚子餓得要死，可是我才顧不得現在才晚上七點，我只想要睡覺。

因為只有明天開始，今天才算真正結束。

我聽到媽媽的嘆氣聲，她沒有離開，繼續說：「依依，我知道妳受了很多委屈，但是別總和心安打架，一打架妳爸爸就生氣，妳大媽就心情不好，我看了也很難過。很多事情，忍一下就過了。」

媽媽見我沒有反應，又大大地嘆了口氣才離開我房間。

我則是躲在棉被裡，委屈地哭了出來。

為什麼媽媽的決定要由我來忍耐？

把痛苦加諸在一個沒有選擇權的人身上，是不是太不公平了？

不知道是不是哭了太久，隔天，我睡到中午才起床。緩緩走下樓，大廳的時鐘指著一點十五分。媽媽看到我下來，走到我旁邊拉著我說：「妳睡晚了，大家都吃飽了，媽幫妳煮碗海鮮麵。」

我坐在廚房的餐桌前，看著媽媽忙碌的背影。她熟悉地從冰箱拿出材料開始料理，這裡是媽媽最常待的地方，一早起床做早餐，中午做午餐，晚上再做晚餐，大媽初一十五吃素，她就得要另外料理，再加上同父異母的大姊童心菱偶爾要吃下午茶點心和消夜，所以媽媽一整天幾乎都待在這裡。

我總會想著：如果我和媽媽還一起住在高雄，會是什麼樣子？

媽媽花十分鐘煮好海鮮麵，然後端到我面前，拉開對面的椅子坐下，「我跟妳爸和大媽說妳不舒服所以睡晚了。」接著開始向我說明她為我做的完美包裝。

我吃著麵，什麼都不想回答，我需要為了這種謊話謝天謝地嗎？

媽媽從旁邊拿了豆芽菜，邊整理邊說：「還好，心安考上台北的學校，等暑假過後，她去了台北，妳們就可以不用常常打架了。」

我放下筷子，再一次確定，「她真的要去台北？」

媽媽用力點了點頭，我馬上往門外衝了出去，麵也沒有心情吃了。童心安要上台北這件事讓我開心得快要飛上天，但我現在最想知道的是康尚昱上了台南哪一所學校。聯考之前，他對我說過他要留在台南。

快速地跑到隔壁，只有康伯伯一個人在客廳泡茶。

「康伯伯，尚昱在嗎？」我禮貌地打著招呼。

我和康尚昱的事在學校傳得沸沸揚揚，家長當然也都知道。只是，他們放任我們交往，不曉得是不是因為康尚昱是鄉長的兒子，而我是土財主的女兒，看起來似乎很門當戶對，沒有反對的理由，再加上我們的學業一直保持得不錯，雙方的父母才更對我們的交往睜一隻眼閉一隻眼。

康伯伯聽到我的聲音，抬起頭來，笑著對我說：「依依來啦！剛才有同學來找尚昱，他出門去了。」

「是喔！」我晚來了一步。

「嗯！剛出去沒多久。」

「好吧，那我先回家囉！」

才想離開，康伯伯又笑著說：「依依這麼喜歡我們家尚昱，等他去台北念書了，妳該怎麼辦啊？」

聽到這句話，我一點也笑不出來，不知道康伯伯是不是在跟我開玩笑。我疑惑地說：「可是他跟我說他要在台南念書。」

康伯伯表現出一臉不贊成的表情，「台南這麼小，當然要去台北上大學啊！男孩子總要去見見世面嘛！所以他填志願都是填台北的學校，妳不知道嗎？他沒有跟妳說他要去台北念書嗎？」

要是有，我現在也不會像跌到地獄一樣了。

心情混亂地回到家，打了B.B. call留言給他，我坐在客廳，失魂又焦急地等著電話響，電話都快被我看穿了，還是一直不響，只有我亂烘烘的腦袋響個不停。

在我call了第十次時，心安從二樓下來，一臉欣喜地看著我。我知道她要跟我炫耀什麼，但我一句話都不想聽，立刻掛掉電話，從她旁邊走過，準備上二樓。

不過她沒有打算放過我，不管我有沒有在聽，她還是繼續說：「尚昱也選了台北的學校，雖然不同校，但跟我的學校離得很近。」她笑裡的那把刀，殺得我快要身亡。

我忍住眼淚走回房間。事實上，我一點都不關心他們的學校離得多近，我現在最在乎的是，為什麼康尚昱沒有告訴我他要選台北的學校。我現在最在乎的是，他考完試填完志願的這一個月以來，我像在他手掌上被玩弄的玩具，還常常跟他說到以後可以繼續一起在台南生活，我覺得很幸福。

現在想起來，這些話都像是我在自打嘴巴。

我關上門，又狠狠地哭了一場。

不知道哭了多久，我迷迷糊糊地聽到一旁有人叫我，然後才緩緩睜開眼睛，看清楚之後，發現是媽媽。

「妳怎麼啦？身體不舒服？」她擔心地問。

我搖了搖頭。

「妳哭過了？眼睛怎麼那麼腫？」

我再搖了搖頭。

「尚昱來找妳，他在樓下。如果妳不舒服，我叫他先回家？你們兩個吵架了嗎？他看起來也怪怪的。」媽媽繼續問著。

我沒有回答，起身下了床，下樓走到客廳，他正坐在沙發上，表情十分緊張的樣子，聽到我下樓的聲響，抬起頭來。看到我，他露出了笑容，那是我好熟悉的一張臉，此刻我卻覺得好陌生。

我走到他面前，他伸手摸摸我的頭，「妳不舒服嗎？臉色好差。」

我不喜歡拐彎抹角，他一定很清楚我已經知道他要去台北念書的事，那麼我的臉色會好到哪裡去？有時候，明知故問是一種很傷人的罪。

我抬起頭看他，想知道他什麼時候才要開始講重點。

只是，「解釋」這件事是有時機的，它應該發生在很剛好的時候，不需要提早，但也不能遲到，那就不會有接下來可能會發生的遺憾。可是，很顯然的，康尚昱已經錯過那個最好的時機，在他決定填台北的學校時。

他看著我，急忙解釋起來，「妳聽我說，我真的很想在台南念書，但我爸希望我到台北上大學，在外面生活，學習獨立。我真的打算要跟妳說，也一直在想要怎麼跟妳說，可是都找不到機會……」

我們每天都碰面，怎麼會沒有機會說？我面無表情，其實內心已經在痛哭。聽了他這些話，我又狠狠地被傷了一次，因為，這個藉口連街口阿勝爺爺養的小黑狗都不會相信。

我冷冷地看著他，「你說完了？」

他嘆了口氣，點點頭。

「好好地去台北念書吧！」我冷靜地說。

他驚訝地看著我，不相信我的輕易放過。

他還想再說些什麼的時候，我搶先開口，「沒事的話，我很累，先上去了。」我再看了他一眼，轉身上樓，他還在樓下喊我的名字。

我不想聽，而關上房門後也聽不到了。

在這個蟬聲不停的炎熱夏天，在這個約定要一起學好游泳的八月，意想不到的，迎來了我和康尚昱的第一次分手。

於是，我第一次向父親要求，請他讓我回高雄外婆家過暑假。康尚昱還在台南的時候，我都不想看到他。

父親答應了，所以我隔天就快速地逃離台南。當暑假過後，我回來時，他已經北上了。

雖然是我們的第一次分手，但我比想像中適應得更好，只是偶爾夜裡哭著醒來，或是哭到睡著。但不管如何，每一次的天亮，都是一個新的開始。

我坐在公車站前，想起我們第一次分手的原因是「隱瞞」。看著公車一班一班經過，我好想問每一個走上車的人剛剛到底發生了什麼事？為什麼我的男朋友說他要加班，卻是跟我最討厭的人在一起？為什麼「隱瞞」這兩個字又開始入侵我的感情世界。

而最重要的是：為什麼童心安會在台北？

她在康尚昱當兵時去了美國留學，後來就直接在那裡工作，唯一會碰到面的時候，就是每年她回來過年時。但我這幾年過年都沒有回去，聽媽媽說童心安也都忙到沒有時間可以回家過年。

就在我覺得我的人生可以不用再背負童心安三個字時，她卻用這樣的方式登場，讓我完全措手不及。

想到這裡，我又忍不住大大嘆了一口氣，連坐在我旁邊的老人家都用一種憐憫的眼神看我，心裡可能覺得這個孩子精神上有點問題。

有時候，我倒寧願自己真的瘋了，就不用太過認真看待這一切。放在口袋的手機又響了，已經不知道響了第幾次。我氣得從口袋裡拿出手機，現在我一點都不想聽到康尚昱的聲音，正想關機，看了手機上的螢幕顯示，才發現是媽媽打來的。

猶豫了很久，不知道要不要接，最後還是接了起來。

接通後，媽媽就開始問：「打了這麼多通，妳怎麼都不接電話？」

「怎麼了？」我現在真的沒有心情講電話。

「我是要問，妳爸的生日，妳要不要再……」

「我沒時間。」媽媽還沒有講完，我就給了最直接的回答。

她在電話那頭嘆了口氣，「妳那麼久沒有回來，媽媽很想妳，妳爸和大媽也在問妳怎麼都沒回來。」

我在電話這頭沉默了很久。

「我不想回去。」我老實地對媽媽說。我一點都不想回去，我不想看到父親，不想看到大媽，不想看到同父異母的姊姊，看到他們，我就會忍不住想起我過去的日子有多麼緊繃和壓抑。

「依依，怎麼可以不回家？我們都是妳的家人……」

我實在是聽不下去了，忍不住反駁，「媽！妳到底要催眠妳自己多久？妳確定他們有把我們當家人？妳只不過是那個大房子的煮飯婆，是爸的佣人，是大媽的看護。我來台北這麼久，除了妳，誰打電話關心過我？就連我身分證上登記的父親也從來沒有。這是家人嗎？妳或許可以說服妳自己，但是我沒有辦法！」

這是我第一次不等媽媽說完話就掛掉電話，不自覺地全身緊繃，欲哭無淚。

結束通話的那一瞬間，媽媽的面容馬上跳入我的腦海。我知道她會很難過，但我也很難過，在我成年之前，我沒有選擇，只能過那樣的生活，但現在我有選擇，我不想再勉強我自己。

不到一分鐘後，手機鈴聲又響了，是康尚昱打來的，我直接關掉手機，看了一眼剛到站的公車後，我起身往家的方向走去。我需要花時間走路，好讓我自己冷靜下來，不然我真覺得我的腦子快爆炸了。

可惜，當我打開家門，看到康尚昱和阿咕咕坐在沙發上，那一刻，我的冷靜又不見了，全身都像在冒火一樣。

我沒有理康尚昱，直接走進房間，但他和阿咕咕隨後跟了進來，然後把門關上。

「依依！」

他一叫我的名字，我就更火大。

「我現在什麼都不想講也不想聽，我很累。」我不想爆發，只能努力克制自己。

「不行，我們說好了，有誤會要在當天解開的。」他一臉認真地說。

我忍不住苦笑，我們說好的可只有這一件事？當初我們說好不可以說謊，當初我們說好不可以隱瞞，當初說好的事，現在都成了灰塵，嗆得我直想咳嗽。

我繼續看著他，無言以對。

他走到我面前，無奈地嘆了口氣，拉著我的手，「原本真的是必須加班，有一個重要的會議要開，後來會議臨時取消，我打算要過來找妳了，結果在大廳遇到心安，她因為工作的事回台灣出差，之後到我辦公室聊了兩句而已。」

我冷眼地看著他努力解釋這一切。

看見我的表情，他越來越著急，「我說的都是真的，總不可能心安來跟我說話，我卻叫她滾吧！而且我們都那麼久沒見面了，寒暄幾句也是正常的啊！」

他露出誠懇的眼神，補充了一句，「我知道妳不喜歡心安，我不可能故意做讓妳不開心的事！」

我努力保持平靜，聽著他對我說的每一句話。就在我覺得自己好像真的有點小題大作時，康尚昱的訊息鈴聲響了。我從來不會去看他的手機，這時卻直覺地從他西裝外套口袋拿出手機，看到 app 訊息的小視窗彈在螢幕上。

我沒能看清楚內容，只看到傳來訊息的人名顯示的三個字「童心安」。

康尚昱也有點慌張，想從我手上把手機拿回去，但我直接點開訊息視窗後往上滑，我沒有心情看他們的對話內容，只想知道他們是今天開始聯絡的，還是之前就一直在聯絡。

然後，我又被康尚昱的隱瞞狠狠甩了兩巴掌，對話紀錄有這麼一長串，他還有什麼好說的？

誰當初在我面前拍胸脯保證，為了讓我安心，絕對不會再和童心安聯絡？十秒前，是誰說不會故意做讓我不開心的事？

如果是這樣，那麼在我眼前這些又該算什麼？是康尚昱手機被盜帳號，然後剛好有一個詐騙集團的名稱也叫作童心安？

想著都覺得可笑。

我氣得把手機丟給他，在爆發前夕對他淡淡地說了一句，「出去」

「依依，妳聽我說，我跟心安只是很普通的聯絡，偶爾問問好，根本沒有什麼。」他著急地想再繼續對我說明。

但現在這種狀況，有哪個女人還願意聽男人的鬼話連篇？

當下的打擊已經很令人不堪了，然而更讓人害怕的是，接下來會不會有更多的謊話出現？這使我十分恐懼，使我內心發毛的不是謊言，而是說謊的那個人。我不希望康尚昱再對我說謊，這樣下去，我們會走到無法收拾的地步。

「出去，在我用電腦砸死你之前趕快出去。」我已經快要克制不住了，給了他很真心的建議。

「妳不要生氣，我跟心安就只是朋友。」他依舊解釋著。

我知道他一向把童心安當朋友，但童心安可有這麼想？如果她是這樣想，那麼我們又是為什麼打了那麼多年的架？

我努力平復情緒，再說一次，「出去。」

「不要每次講到心安的事妳就這麼敏感好嗎？」他皺著眉頭看我，不能認同我的脾氣。

我的火氣到達最高點，這次先飛過去的只是鍵盤而已，他躲開了。鍵盤掉在地上摔碎了，按鍵掉了一地。

他看著我，嘆一口氣，「妳不要激動，我怕妳會受傷，我先回去，我們明天再談。」

不要說明天，就是後天、大後天，我都不想跟他談。我氣得全身發抖，這才發現，以前童心安欺負我的那些都是小事，被心愛的人欺騙才真是生不如死。

康尚昱緩緩走出房間，關上房門。

在房間的阿咕咕突然也靠在門板上抓了抓，很想出去的樣子。我生氣地抱起牠，打開門，把牠還給站在門外的康尚昱，再次把門關上。

全天下男性都是同一個德性。

我虛脫地坐在床上，好像經歷一場戰爭一樣全身癱軟無力，疲累地躺下，想到康尚昱一直以來的欺瞞，我就難過得無法呼吸，很想大哭一場發洩，眼淚卻怎麼樣也流不出來，只能大口大口地呼氣，大口大口地嘆氣。

過了很久，門外突然傳來樂晴的聲音，「學長！不好意思，我知道你很愛我們家依依，但你知道的，我們這裡男生不能留宿喔！阿咕咕除外。」

「沒有啦，我現在要走了。」門外仍傳來他的回應。

接著，我才聽到大門開了又關的聲音。

康尚昱離開之後，樂晴敲了敲我的門，把門打開，對著躺在床上背對門口的我問：「依！妳還好嗎？」

我無力地點點頭。

她在門口輕嘆一口氣，走進房間，幫我把地上壞掉的無線鍵盤和脫落的按鍵收拾乾淨後，走到床邊，彎下腰抱了抱我，輕輕拍著我的背，「睡不著的話，就來我房間。」

我在她懷裡點了點頭。

她幫我關上了燈才離開。因為樂晴，我抑鬱的心情得以抒緩一點點。

眼睛才剛閉上，我的房門又響了。

立湘打開門，著急地說：「依依，阿咕咕不見了。」

我正無奈，不知要怎麼回答時，樂晴已經把立湘拖走了。我只好躲在棉被裡苦笑。

最後，這個晚上我終究沒有睡著。

隔天我連鏡子都不敢照，快速地洗把臉，胡亂地抹了ＢＢ霜就準備出門。明怡和立湘都還在睡覺，客廳的桌上放了我們的早餐，我的那一份上面還貼了一張紙條，寫著我的名字。

「依依，這是特別為妳做的，吃完心情一定會變好的火腿總匯哈姆蛋佛卡夏，吃完之後，趕快跟學長和好吧！」

我拿走了早餐，卻因為最後那一句話，我把紙條丟進了垃圾筒。

坐在公車上，我把昨天晚上關機的手機打開，裡面有高達十八通康尚昱的來電紀錄和一堆文字訊息，我一句也沒有看，全部刪除。

看著我拿著手機的右手，右手肘內側有一條細長的疤，這是我到台北來的第三天，還在整理從台南寄上來的行李時，童心安從我媽那裡知道我的住址，跑來又找我打了一架受的傷。她覺得我的陰魂不散讓她崩潰，瘋狂地把我推到書堆裡，經濟學理論精裝版的封面銳角狠狠從我的手肘刮下了一道肉，當下流了很多血，把明怡和樂晴給嚇死了。

但那時候真正害怕的人是我，因為我不知道要到什麼時候才可以真的結束童心安這個惡夢，然後痛快地醒來。

那一次的爭吵我並沒有讓康尚昱知道，因為這只會讓他變得更像我媽，開口的第一句話就是，「妳們為什麼老是要打架？妳們為什麼不能好好相處，有事好好說？」對他來說，我們的爭吵像幼稚園小孩的行為一樣幼稚。

到現在，他仍然以為這道疤是我不小心跌倒撞到桌角擦傷的，而我身上還有好幾處傷疤，我都對他說謊，隱瞞了原因，其實都是童心安偉大的傑作。

視線回到已經變暗的手機螢幕，不禁開始猜想，如果我把這些事告訴康尚昱，他會不會愧疚，知道不應該跟一個這樣對待自己女友的人聯絡？

不到三秒，我就被自己天真的想法給蠢笑了。

手機鈴聲又突然響起，螢幕顯示依然是康尚昱。我再次拒接，他又傳了一封簡訊給我。

「等妳氣消了趕快跟我聯絡。」

他大概是忘了之前大吵後的經驗，我的氣哪有這麼快消。

還不到九點，我已經到了公司，馬上開始專心地處理公事。林裕芬走進辦公室，看到我，驚呼起來，「妳黑眼圈也太重了吧！」

我今天沒有什麼心情和她抬槓。

「妳不知道女人的眼睛很重要嗎？眼睛要亮看起來才會年輕啊！妳有沒有照鏡子啊？妳黑眼圈這麼深，為什麼要這樣出來嚇人？」

我抬起頭看她，眼神放出殺氣，這才讓她住嘴。

但她一秒後又笑開，「跟尚昱哥吵架了？」表情好像刮刮樂中了一百萬那樣，有這麼值得高興嗎？

顯然是有的。我的默認，讓她一整天工作都非常快樂，甚至還不時地哼歌。

好不容易熬到下班，前一天一整夜沒有睡，我疲倦到只想趕快衝回家，倒在我心愛的床上，閉上眼睛後就再也不要醒來。

在我打了這麼好的如意算盤之後，我桌上的分機響了。總經理太太來電，請我幫她把總經理收藏在公司的酒帶到東區一間高級法式餐廳，她正在跟各家公司的董娘們聚餐。就算再怎麼累，我也只能答應。

下了計程車後，我走到餐廳門口，服務生有禮貌地幫我開了門。我向他說明我要找的對象，他帶我到ＶＩＰ包廂，包廂門一開，總經理太太看到我，開心地對我招手。

我走到她旁邊，她拉著我的手說：「依依，不好意思啊！還讓妳專程跑這一趟。」

我把酒交給服務生，笑著回應，「不會的，不要這樣說。」

「坐下來一起吃？」她伸手示意服務生。

我微微地瞄了一下周遭，這些董娘的氣勢可能會讓我消化不良。所以我趕緊拒絕，「不用，我還有事，得要先走了。」

總經理太太十分惋惜地說：「好吧！那妳先走，早點回家休息。才兩天沒見到妳，怎麼變得這麼憔悴？如果老吳給妳安排的工作太多，妳儘管來跟我說。」

我點點頭，微笑地向她道了再見。

離開包廂時，身後傳來某位董娘說了一句，「妳先生的祕書這麼年輕漂亮，妳都不擔心嗎？」

然而，幸好我聽見吳太太胸有成竹地說：「只要是依依，就沒有什麼好擔心的。」

頓時，我覺得非常有成就感。

沒想到，祕書工作的成就感來源之一，竟然也包括了老闆太太的信任，這實在有點可笑。而每一個董娘最擔心的，居然是先生身旁的祕書，這點更讓我覺得可笑。

愛是什麼？信任是什麼？婚姻是什麼？我的腦子頓時一片空白。

走出餐廳時，碰上迎面而來的童心安，我嚇了一跳。

她看到我，驚訝程度也不亞於我，但她跟我一樣，隨即恢復了鎮定。

不一樣的是，她對我露出深不可測的笑容，我則保持一貫的臭臉風格，而且想避免跟她有任何接觸，打算快速離開現場。所以我無視她，繼續往前走，可是她突然出聲音從後頭叫住了我。

「童依依！」

我嘆了口氣，停住腳步，轉過身看著站在我前面三公尺處的童心安，不知道她是不是又想找我打架了。

站在一旁的外國人低下頭問著她，「Who?」

她笑了笑，回答他，「My sister.」

我也笑了，這真是今年最好笑的笑話前三名。

接著，那個外國人對童心安講了幾句話，就先走進餐廳，只剩下她和我在餐廳外的人行道上對看。如果她叫住我只是想要看我，我建議她可以回家找我媽拿我的照片，我從小到大只有個子有長高，長相一直都一樣。

「沒事的話，我要回家了。」我不想跟她在這裡浪費時間。

她慢慢走到我面前，非常輕鬆地對我說：「我們好像好幾年沒見了。」現在是打算閒話家常嗎？

「如果可以，我希望這一世紀都不要再見。」我很冷淡地回應。

「妳還是跟以前一樣冷淡、刻薄，又討人厭。」她笑著說。

「妳也是和以前一樣，隨時隨地讓人感到煩躁。」

她又笑得更開心，「怎麼辦才好？接下可能妳會更煩躁，我決定要回台灣了，等公司事情告一段落，我就會回台灣定居。」

「干我什麼事？」我極力讓自己看起來很無所謂，但她要回台灣這個消息確實讓我的胃狠狠緊縮了一下。

老天爺真的是看不慣我過幾年痛快的日子。

「的確是不干妳的事，只是讓妳有個心理準備，才不會再像昨天那樣驚慌失措。和阿昱還好嗎？分手了嗎？」她看好戲的樣子讓我的手又癢了。

「妳希望我在這裡打妳嗎？」我淡淡地說，這點我是做得到的。

她微笑著，伸手摸摸我的臉頰，我馬上別開臉，她繼續對我說：「是康尚昱把妳保護得太好了嗎？妳還停留在打架的年紀嗎？妳到現在還沒長大嗎？」

我真的對這種爭吵很厭倦，懶得再繼續下去，「沒有其他廢話要說的話，我要趕著去約會了。」

童心安又笑了笑，「和妳的確是沒有什麼好說的了，以前也是，現在也是，只是好心提醒妳一下我會回台灣而已。」

謝謝妳的提醒，我在心裡回答，然後轉身離開。

一路想的都是如何甩開童心安這個詛咒，卻無力地發現我還真的是什麼辦法都沒有。

筋疲力盡地回到家，孫大勇正坐在客廳地板上打電動，樂晴在廚房做飯，我坐在沙發上，呈現快入睡的狀態。

但是電動搖桿噠噠噠噠的聲音，再加上孫大勇打電動慣性會發出的「啊」、「呃」、「喔」各種語助詞，一直把我吵醒。

我煩躁地朝他丟了抱枕，但他完全沉浸在自己的世界，入迷地站起來做出超人般的姿勢，口中還喊著，「必殺技！」然後又開心地坐下繼續打電動，真的很羨慕他的精神年齡只有六歲。

我又開始半睡半醒的時候，孫大勇開口了，他邊打電動，頭也不回地說：「跟尚昱吵架了喔？他約我晚上去打球耶，每次只有你們吵架他才會約我，真讓人傷心，所以我拒絕他了。」

「干我什麼事？」我說。

「我怕我拒絕他，他會想不開，所以先跟妳說一下。耶！過了！」他又開心地站起來開始搖晃身體，全身蠕動像神經病一樣。

「打你的電動吧！」要不是跟他認識太久，知道他的精神世界只有六歲，我真的會帶他去看醫生。

樂晴穿著圍裙走到客廳，擋在電視螢幕前面對著孫大勇說：「去幫我買金針菇。」

「等我這局打完。」他邊說，邊移動自己的身體，好看清楚接下來要打的怪物。

「你是要現在去，還是我直接拔電源線？」樂晴一派輕鬆地說。

孫大勇馬上按下暫停，站起身很嚴肅地對樂晴說：「我馬上去，但是拜託妳可以斷掉這種隨便拔電源的念頭嗎？妳知道隨便拔電源對我的寶貝們會造成多大的傷害嗎？那是一輩子都無法彌補的，這個很嚴重耶，妳會隨便去醫院拔別人的氧氣罩嗎？不會嘛！妳知道拔氧氣罩是犯法的，妳會被抓去關的……」

「一、二……」樂晴還沒數完，孫大勇就不見了。

突然覺得，人生只有電動的孫大勇單純得好幸福。

他一離開，樂晴就坐到我旁邊來問我，「還好嗎？」

我點點頭。

她欣慰地拍了拍我的臉，然後說出和孫大勇一樣幼稚的話，「還好的話，應該可以跟學長和好了吧！」

我看著她冒出閃亮星星的期待眼神，只能嘆口氣，對她說：「童心安回台灣了。」

樂晴嚇得倒抽一口氣，她可是眼睜睜看過我們狠狠打過好幾次架，多少次她攔在我們中間，多少次她幫我包紮傷口，多少次她安慰默默流淚的我。關於我家，關於我、康尚昱、童心安這難解的習題，她全都了解。

「可是她不是在美國嗎？」她問。

我很快地對她說明。從昨天晚上在飯店的巧遇，到剛剛半個小時前又一次遇見童心安這段時間內發生的所有事情。

她聽了猛搖頭，「天啊！好不容易天下太平了說。」

是我的朋友，當然會跟我有同樣的想法，但只有康尚昱不是這麼想，想到這裡，心又默默揪了一下。

「下次不讓學長進來了，他怎麼可以瞞著妳偷偷跟童心安聯絡？只是，都過了這麼久，童心安應該不會還在喜歡學長吧！可能是見了面稍微聊一下而已。」樂晴試著安慰我。

「在我沒發現他們一直保持聯絡的時候，我還可以這樣說服我自己。可是他們一直有聯絡啊！這是讓我最不能接受的一件事。」我狠狠地嘆了口氣，覺得日子好黑暗。

「我去睡覺了，不吃飯了。」

「依依！」樂晴擔心地喊著我的名字。

但現在的我，除了閉上眼睛，真的沒有力氣再做其他事了。

接下來的一個星期我都沒有打電話給康尚昱，原本以為被欺騙的憤怒會一天天減少，可惜不是我想的那樣，反而是不安一天天地增加，有時甚至讓我對愛絕望，對康尚昱失去信心。

而樂晴和明怡則是每天對我說「今天學長打電話來問妳有沒有照三餐吃飯」，「今天學長來找我，問看看妳心情好多了沒」。

沒有。

心情無法平復，我只能選擇睡覺來試著減輕壓力。結果這週是我今年睡眠時間最多的一個星期，連星期六都睡到下午三點才起床，越睡越覺得身體不是自己的，全身痠痛。

我拖著沉重的身軀晃到廚房倒水喝，明怡正在炒飯，我坐在餐桌前，看著明怡的背影，輕輕柔柔的，忽然可以理解男人看著自己心愛的人做飯的幸福感。之前我也打算好好地向樂晴學做菜，好讓康尚昱體會一下那種幸福感，但現在我只想把上次煮爛的麵塞到他嘴裡。

「醒啦！要吃一點嗎？」明怡轉頭看著我問。

我搖了搖頭，「吃不下。」

她把炒飯放到盤子裡，清理過炒菜鍋和流理台後，坐到我面前，邊吃飯邊和我聊著。

「什麼時候才要原諒學長？」明怡看著我，非常直接地說。

我聳了聳肩回答，「可能要等我理解為什麼男人總要和對他有意思的人牽扯不清，是漁場管理嗎？一個池塘裡怎麼只能有一條魚？還是森林裡真的不能只有一顆樹？」

明怡笑了笑，「妳明明知道學長不是這樣的人。」

「我最近跟他不熟。」所以沒有什麼好再討論的，「妳今天還要上班嗎？」明怡還穿著制服。

她點點頭，「今天有ＶＩＰ客人來，我得去幫忙幾個小時。」接著她又看看我，臉上是很想跟我說點什麼又說不出來的表情，湯匙猛翻攪盤子裡的炒飯。

我喝了口水後，告訴她，「有話就直接說吧！」

她微微一笑，「其實也不是什麼重要的事，就是前天學長發燒，大家一直叫他去看醫生，但他沒有去，昨天也請了假。我打過手機給他，他一直都沒有接，不知道他有沒有好一點。」

不是我不相信明怡，而是她們曾經幫康尚昱用裝病這種爛招來促使我們兩個人和好，所以，我不得不懷疑這又是另一個爛招。

果然是明怡，馬上察覺我的疑惑，舉起手說：「我發誓我說的是真的喔！」

「長那麼大了，生病還不會自己處理嗎？」我冷淡地說。

明怡又笑了，表情很曖昧地說：「是沒錯啦！但學長好像……」

無視她的笑容，我馬上站起身走回房間，再次把自己拋到床上，大大地嘆了一口氣。

我知道明怡露出那個笑容的原因，因為康尚昱其實是個打針就會流淚的人，要他去看醫生就像要他去蹲黑牢一樣痛苦，這件事大家都是知道的。

就算是我用分手威脅，他都不會妥協。

我焦躁地翻了身，門外傳來明怡的聲音，「依依，我去上班囉！學長都那麼大了，不用管他啦！真的不要去管他喔！」

明怡真的很知道我的弱點，聽著她說的話，我又忍不住懊惱地咬了咬棉被。

我真的很不想去管他，真的！

真的很不舒服的話，自己會去買藥吃啊，自己會去看醫生啊，這個世界上誰不是這樣？自己的身體本來就應該要自己負責啊，干我什麼事？

對，沒錯，不干我的事。

我輕鬆地翻了身，隨即想到大學時，有一回他肚子已經痛到嘴唇發白還是不肯去看醫生，是孫大勇和其他男同學把他扛到醫院，才知道他得了急性盲腸炎。想到他可能又在家裡痛得唉唉叫，我又忍不住咬了棉被。

應該不會有人這麼不愛惜自己吧？

對，所以不用管。

我又假裝沒事地站起身開始做運動，甩甩手又扭扭腰，又不小心想到，去年有一次他整個人發燒到三十九度還是沒有去看醫生，最後是我在一旁照顧他，整整三天後才完全退燒，如果這次也這麼嚴重那怎麼辦？他不會燒過頭吧！

我又忍不住焦急了起來。

然後我念頭又一轉，啊，管他的，他可以叫童心安去照顧他啊，反正平常都有在聯絡嘛！反正難得回來可以好好聚聚啊！反正他又不在乎我的心情，我幹麼要在乎他的健康，我為什麼要在乎？

我煩躁地又把自己拋到床上。

一直重複這些動作，一直重複這些想像，不停地想說服自己，卻又不停地不許自己說服自己。

我都覺得自己快要發瘋了。

十秒後，另一個念頭又跑進我的腦子裡：搞不好真的又是裝病。

想到這裡，我馬上坐起身，對自己說：「對，沒錯，現在這種非常時期，誰都不能相信。」

樂晴的聲音突然從門外傳來，「依依，大勇說他剛打電話給學長，學長的聲音聽起來很沒有力氣，好像生病了，妳要不要……」

啊！我在心裡無聲地大叫。

接著馬上跳下床，隨手拿了件外套再拿了包包，打開房門，無視樂晴驚訝的神情和她接下來想要講什麼，直接跑出門。

招了輛計程車，上了車之後，才開始討厭起這個搖擺不定的自己。想起他的那些欺瞞，我應該狠下心別管他，但是想到他正在忍受著身體的不舒服，心又軟得跟豆腐一樣，莫名其妙地捨不得。

談戀愛的女人有脾氣、有傲氣，就是沒有原則。

分手不是結果，它只是一種選擇。而我，在分手後的第三百九十五天，又做了另外一個選擇。

第五章

我在桌上的日曆上又打了一個X，從我告訴康尚昱，「去台北念書吧！」那一天起，到現在已經過了三百九十五天。

遠在台北的他，每到假日就會回台南，就算只有一天的假期，他也會在假日前一個晚上搭夜車回來。回來的次數，已經多到康伯伯一看到他就想把他趕出去，氣到常來我家找父親訴苦。

大家都知道我們之間的變化，但沒有人敢問。

這個晚上，康伯伯拿了兩瓶高粱酒來找父親小酌，我在樓上偶爾聽到兩個人大聲說話，聽到康伯伯在樓下咆哮，「上個星期才剛開學回台北，這星期是又回來幹麼？我現在想到他明天又要回來，我就整個人都火大起來了！」

為了避免暑假碰到他，我參加了學校辦的遊學營，到紐西蘭遊學兩個月。他上星期暑假結束回台北的那天，我才剛回到台灣。

我其實不知道自己為什麼要這樣做，每天都很想念他卻又害怕面對他的心情整整折磨了我一年多。對年紀還很輕的我來說，分手這件事實在太過沉重，學校沒有教我該如何勇敢面對分手。

我只能用笨拙的方式來適應和改變——像是逃避。我跑得遠遠的，來避免暑假碰到面的機會，以為這樣就會好了，事實上，卻怎麼也好不了。

康伯伯和父親兩個人一直喝到凌晨一點多，陪著他們的，是隨時應付他們點餐的媽媽，一下子要吃豆乾炒肉絲，一下又要炸個小魚來當下酒菜，還要不時叮嚀他們別喝太多，也不要講話太大聲，免得吵醒已經睡著的大媽。

兩人沒把媽媽的話聽進去，還是不停地聊天，喝得越醉就越胡言亂語。最後父親直接趴在桌上睡著了，康媽媽只好過來家裡，帶康伯伯回去。但她一個人的力氣實在扶不動，媽媽又要照顧父親，只好上來叫醒已經睡覺的我，要我陪康媽媽把康伯伯扶回家去。

康伯伯個子雖然小小的，但有一顆大大的啤酒肚，就算我和康媽媽一起攙扶也覺得非常吃力。

移動到隔壁康家的路上，康伯伯突然停下腳步，喝了酒的臉紅通通的，眼神無法集中，他看著康媽媽說：「依依啊，妳不能跟那個小子和好嗎？」說完，身體又晃了好大一下差點跌倒，我和康媽媽趕緊抓住他。

他又掙脫我們兩個人的手，繼續對康媽媽說：「你們兩個小孩子，怎麼談個戀愛要搞到這麼驚天動地？」

康媽媽嘆了口氣，「趕快走啦！都一點多了，其他鄰居都不用睡了嗎？」

「睡什麼睡？我送他去台北見世面，他每個星期都回來幹麼？還不都是因為妳？」康伯伯氣得講話時噴了一點口水在康媽媽臉上。

喝醉酒搞不清楚誰是誰，讓康媽媽因為我受罪，我覺得很不好意思。

康媽媽也開始有點生氣，「奇怪了你，我就愛兒子每個星期回來，他不在我有多想他。喜歡回家也有錯嗎？」

康伯伯根本聽不下去，繼續朝康媽媽說：「我兒子就是沒有志氣，他就是沒有志氣，妳都不理他，也不見他，他還是每個星期回來，我這個爸爸都感動了，妳怎麼都不感動啊！依依。」

康媽媽瀕臨崩潰，我趕緊扶著康伯伯繼續往前走，順便安撫他，「康伯伯，你先趕快睡覺，真的很晚了，有什麼事明天再說。」

他又繼續邊走邊抱怨，「不要跟我講明天，我討厭明天！」

從我家到隔壁一般走路只要一分鐘，康尚昱翻牆只需要三秒，但扶著喝醉的康伯伯從我家走回他們家，花了十五分鐘才讓他安全地進到屋裡，倒在沙發上大睡。

回家後，我整個人也累得躺在床上，卻一點睡意也沒有。想著康爸說的話，我知道康尚昱是因為我而常回來，他每一趟回來，第一件事就是帶著台北買到的糖果來我家，每次都帶了不同的牌子和口味來，然後直接交給我媽，請她轉交給我，康尚昱知道我固執的境界。

其實剛剛我好想告訴康伯伯，我怎麼可能不想理康尚昱，每個星期六早上十點，從我房間窗戶望出去，就能看見他背著背包回家的樣子，我有多想用力揮手，大聲叫他的名字，給他一個微笑。

只是，他回家的時候，旁邊總是跟著童心安，我想伸出的手最後都只能緩緩收回來。他沒有知會我就決定要去台北，並且還和童心安一起在台北念書。這兩件事讓我失去了相信他的勇氣，我也在等待自己找回勇氣的一天。

隔天，我在九點鐘醒來，刷牙洗臉再吃完早餐，已經早上九點半。我拿著書在窗戶旁閒晃，但視線停留在窗外的時間，總是比在書上多，來來回回，我總算看到康尚昱出現在我的視線裡。

他身旁依然跟著童心安，她微笑向他揮手道再見，然後心情很好地走進家裡，我離開窗邊，反覆深呼吸了幾次。

不想和童心安有過多的接觸，看到她一臉炫耀的表情，我真的很害怕自己又會失手，所以只要她回來，我就會乖乖地待在房間，只在吃飯洗澡上廁所時才會走出房門，反正兩天的時間很快就過了。

當我好不容易靜下心複習英文作業時，媽媽打開了我的房門，「依依，媽做了一些煎餅，妳拿去給阿滿婆婆。」

阿滿婆婆住在我們隔壁街尾，平時靠資源回收賺點生活費，兒子娶了老婆，自己買了房子住在外面，女兒嫁了老公也幾乎不回娘家了，她自己一個老人家生活很孤單，所以有時候媽媽都會做些東西讓我拿過去給她吃。

只是，週末我真的不太想出門，尤其是我的房門。

「快點，我要準備做飯，沒有時間自己跑一趟。」媽媽說完就又匆忙地下樓了。

我只好站起身，緩緩打開門，正要下樓，就遇到了剛好走上樓的童心安。我煩躁地在心裡嘆了口氣，所以我才說我不要出門啊！

她又開始挖苦我，「這麼早就看到妳啦！我以為得要等到晚餐我們才會碰面。」

我沒有理她，繼續往前走，她也繼續在我背後說：「星期三我和尚昱去吃了牛排，台北的牛排特別好吃，他沒有跟妳說嗎？啊！我忘了，你們分手了。」說完又笑了幾聲。

無聊，我心想。

但越是不想去在意就越在意，全身都因為「牛排」而提不起勁，拿在手上的那盤煎餅好幾次都差點滑掉，幸好最後安全地送到了阿滿婆婆手中。

走回家的路上，我聽到背後有腳步聲，回過頭去看，康尚昱正雙手插在褲子的口袋裡，跟在我後面，和我距離約莫三．九五公尺。

我假裝沒事地轉過身繼續走，心跳卻不停地加快。他和我維持相同的速度，走著一樣的路。好久沒有和他這麼接近，我莫名地緊張了起來。

腳步聲啪啦啪啦啪啦地在空氣中迴響著，好像我的夾腳拖鞋和他最愛穿的英雄牌拖鞋正在對話。

我努力地穩定心情走著，想像走在我後面的他現在是什麼心情，他走在我的後面，會不會也正想像我的心情？

突然希望這條路沒有盡頭，可以一直走下去。

可惜就只是兩條街的距離，快到家的時候，原本走在我後面的他突然從後頭牽住了我的手，走在我側邊。我驚訝地轉過頭看他，他給了我最熟悉的笑容後，堂堂正正地在我家門口吻了我。

第一次分手，在分手三百九十五天後，我又選擇回到他的身邊。我們兩個說好了，從今以後沒有隱瞞。

而和好的這個星期六晚上，我又和心安打架了。

搭著計程車前往康尚昱家，第一次分手又和好的回憶，伴著計程車上廣播裡播放周杰倫的《可愛女人》這首歌全湧了出來，那是周杰倫剛出道的時代，康尚昱很喜歡唱他的歌，只是他唱一句就會走掉四五個音。沒想到，周杰倫在我們的愛情裡也留下了一些證明。

下了車，我搭電梯到十二樓，拿出鑰匙時，我其實還是有點猶豫，但猶豫真的是一件很沒有必要的事，那只是說明自己可笑的無力抗爭，最後我還是開門走了進去。

阿咕咕聽到聲響，跑到門邊來迎接我，開心地跳下跳下。才一個星期沒有看到牠，怎麼好像瘦了。

我心疼地抱起牠，牠興奮地猛舔我的臉。從玄關走進去後我大傻眼，康尚昱的套房沒有什麼隔間，從客廳就可以看遍整個屋子的狀況，左側廚房吃過的東西沒有丟，還有好多待洗的碗盤，客廳角落裡阿咕咕的床整個翻了過來，飼料和水也灑了一地，右側的書房地上都是散亂的書和資料，一旁的浴室地上還有阿咕咕的消化物，而康尚昱正躺在客廳後方的床上，昏迷不醒。

他肯定不是只生病了兩天。

我抱著阿咕咕走到他旁邊，他人縮在棉被裡，臉色蒼白，額頭旁滲出汗水浸濕了髮絲。伸手摸了他的額頭，燙得我馬上收回手，簡直是可以熬粥的程度。

感覺到我手掌的冰涼，康尚昱迷迷糊糊地睜開眼。看到是我，他虛弱地給了我一個笑容，但我笑不出來。

我馬上放下阿咕咕，先走到客廳把阿咕咕的床整理好，飼料碗和水盆也都重新放好。接著再把浴室稍微整理過，我拿了毛巾幫康尚昱擦掉身上的汗水，替他換上乾淨的衣服。

我整個人虛脫地躺在他旁邊，他趁機翻身抱住我，然後又虛弱地對我笑著

裝可愛是沒有用的，我瞪了他一眼，用力地把他的手推開，接著坐起身，也扶他坐好，幫他拿了件外套穿上。

「我帶你去看醫生。」我說。

他又躺回床上用力地搖了搖頭。

「不去看醫生的話，你就自生自滅，我要走了。」我冷冷地說。

他又繼續沉默。

我已經決定轉身要走，他才虛弱地發出聲音，「好啦！」

於是我拿了他的車鑰匙和健保卡，吃力地扶著他出門。搭電梯時，他全身無力地靠在我身上，依然不忘記對我說：「可以不要打針嗎？」

我再次狠狠瞪了他一眼，他卻眼角彎彎地對我笑著。

扶他坐上車，繫好安全帶後，我繞到另一邊坐上駕駛座，在我準備踩油門的那一刻，他不忘叮嚀我，「開慢一點。」

我會被康尚昱禁止開車，就是因為我開車太殺，像個不要命的太妹，還會邊開車邊罵髒話。

我沒有理他，保持著屬於童依依的速度。

我一直能感受到他望向我的視線，但我一直沒有回應，直視著道路前方，只希望趕快

到醫院。

但他在一旁有氣無力地開口，「依依。」

我專心地繼續開車，他卻一直喊著我的名字，「依依，依依……」喊到我心都煩了，氣得轉過頭瞪了他一眼。

看到我瞪他，他又笑了，是發燒燒過頭了嗎？

「我和心安真的沒有什麼，妳知道的啊，對不對？」以他現在這麼不舒服的狀態，我一點都不想在這種時候談論童心安的事。他沒有力氣，我沒有心情，所以我又當作沒聽到。

但他又開始說：「對不對？對不對對不對？」根本是在挑戰我的耐心。

我輸給他了，轉過頭跟他說：「看完醫生再說。」

他咳了兩聲後繼續說：「對我來說，心安除了是一起長大的好朋友，最重要的是，她是妳的姊姊，是妳的親人，所以我無法拒絕她的聯絡。我們的對話紀錄妳全部都可以看，我們只是很單純關心彼此的狀況，她也會問妳過得好不好。」

如果不是現在急著帶他去醫院，我肯定會停下車來瘋狂大笑，我才不相信童心安會發自內心地想知道我過得好不好。

在這個現實的世界，雙面人真的比較吃香。

他不舒服地挪了挪身子，閉著眼睛又開始說：「妳每次和心安打架，妳媽媽就會很難過，常常問我可不可以多勸妳一下，讓妳不要常和大勇……不，是不要和心安起爭執，我知道妳很討厭樂晴……但妳沒有辦法否認妳是她姊姊……」他已經開始語無倫次了。

我轉過頭看他，他閉著眼睛，看起來像是睡著了，但嘴巴還是一直嘀咕著，「不要生氣，心安是妳姊姊，我也當她是我的家人，家人怎麼可以都不聯絡？我只是怕妳以後會遺憾，妳知道，妳如果難過我也會很不好受，像妳每次打架，一下子嘴巴破皮，還有跌倒手流血，腳還淤青，我都好想生氣，可是又生不了氣。妳不可以這樣啊……要不然就是要打贏啊……」

聽到最後一句，我無奈地苦笑了一聲。但一個星期的氣好像在此刻莫名地消失了，理解了他的立場，我還要繼續生氣嗎？應該是說，我還能繼續生氣嗎？他的立場這麼堂堂正正。

我轉過頭看他，明明就已經閉上眼睛了，但還是不停叨唸，一直到了醫院，他才清醒一點，讓嘴巴休息下來。

「三十九．二度，什麼時候開始發燒的？」醫生邊檢查邊問。

「應該有幾天了。」我回答。

醫生皺了皺眉頭，「發燒這麼多天，怎麼不早點就診，如果感染了怎麼辦？怎麼拿自己的身體開玩笑？不是年輕就有本錢，現在有很多年輕人都以為感冒發燒是小事，最後感染可是連命都會沒有的。」醫生講得越來越嚴重，害我也開始膽戰心驚。

我著急地問：「那有感染嗎？」

「沒有啊！」醫生爽快的回答讓我有點傻眼，那剛剛講了那麼一長串是怎樣？

好吧，為了身體健康，醫生的叮嚀一定要聽。

「好，等等護士會幫你打兩針，我會再開一些藥，帶回去吃，如果還是一直高燒不退，一定要再過來看，不能再一拖好幾天。」醫生對著聽到打針就馬上靈魂出竅的康尚昱說。

我扶著精神出走的他走出診療室，他哭喪著臉坐在外面的長椅上，一直問我，「一定要打針嗎？只吃藥不可以嗎？我現在好像沒有發燒了啊。我現在精神很好啊。我覺得我根本可以不用打針，不用浪費醫療資源……」

護士小姐突然喊了，「康尚昱先生！」

他馬上抓住我的手，苦著臉哀求，一副快要哭出來的樣子。我站在他面前，拍了拍他的臉，很無情地說：「走吧！」

他像是要赴刑場般悲壯，一句話都不說，坐在注射室的病床上，看著護士拿出針頭，臉色一下子更慘白了，原本拉住我的手又握得更緊，緊到我都覺得我快骨折了。

我站在他旁邊，拍拍他的肩膀，他又開始一臉要哭要哭地看著我，對我搖了搖頭，但我也只能聳聳肩，愛莫能助。

護士走到我們面前，「要打在手臂上，所以要幫我把領口拉下來。」

我伸出手，想幫他拉下領口，結果康尚昱馬上伸出手緊抓住領口，一臉好像我要對他怎樣似的。我想再試一次，他又拉得更緊，兩個人一來一往，站在一旁的護士都在笑了，我則是好想哭，我的男友明明就是個人模人樣的男子漢，怎麼一看到針頭就比女生還要脆弱。

爭執得太久，我的火氣一下子衝了上來，我氣到不管他是不是病人，狠狠地往他的大腿內側捏下去。他痛得大叫，用手猛搓被我捏痛的地方。我趁這個時候直接拉下他的領口，露出一邊的肩膀，護士也非常快速地往左肩頭打了兩針。

針一扎下去，康尚昱緊張到馬上伸出另一隻手抱住了我，頭埋在我胸前。我低下頭去看，他的眼角微微滲出了一點淚水，我想笑又不能笑，真是忍得好痛苦。

護士打完針之後要我幫他揉一揉，讓他休息一下之後再離開。我伸手接過護士的酒精棉球開始幫他揉，「好了吧你，是要抱多久？還沒有哭完？」我說。

他馬上放手，一臉倔強地說：「誰哭了？」

我懶得跟他爭，「你在這裡休息一下，我先去幫你拿藥。」他對我點了點頭，等我再回來時，他已經躺在病床睡著了。捨不得叫醒他，我只好在一旁陪著他，時間一晃眼就是半個小時過去，這時他才醒了過來。

他的臉色看上去已經好了不少，雖然額頭還是熱熱的，但比起來醫院之前已經退燒了一些。

他起身下床，牽起我的手說：「走吧！我們回家。」他總是這樣牽起我的手說「回家」，這句話，比起「我愛妳」更讓我感動。

一直到走出醫院我才甩開他的手，「我有說你可以牽我的手嗎？」氣是消了，但是姿態不能太快放低，還得讓他再辛苦一下。

他一臉無奈地上了車，在我開車時他又睡著了。可能是藥效的關係，所以一回到家，他進屋裡躺上床後，也是馬上睡著了。

我只好開始整理屋子，丟掉過期的食物，洗好碗盤，再把髒衣服丟進洗衣機，書房地板上的書也一一歸位。我用吸塵器吸著地板，再用抹布把地板擦乾淨。阿咕咕好像想要討好我一樣，我在哪裡，牠就到哪裡，一直陪著我整理這一整個很像二戰過後的現場。

然後，我下樓丟了垃圾，順便到附近買了碗粥準備給康尚昱當晚餐。再回到家，康尚昱也醒了，正在客廳四處張望，不知道在找什麼。看到我，他開心地笑著，然後走過來抱住了我。

我用手肘拐了他的肚子一下，他摸著肚子退後三步。我走到廚房把粥倒出來，他跟在我旁邊，保持十公分的距離，阿咕咕也跟在我的腳邊保持十公分的距離，不管我在幹麼，他們兩個就各黏一邊，我夾在他們兩個中間，幾乎快要窒息。

我把粥端到客廳，對著離我十公分的康尚昱說：「快點吃，吃完好吃藥。」

看到我主動對他說話，他開心地接過湯匙，說了聲好，坐在沙發上，很認真地吃粥，我則是抱起阿咕咕，走到一旁坐下，總覺得牠好像變輕了。

「唉唷，我們阿咕咕好像瘦了。」我心疼地摸了摸牠的肚子。

康尚昱馬上放下湯匙，光速地移到我旁邊，「我也瘦了。」

我轉頭看著他，冷淡地對他說：「回去吃飯。」

他不甘願地「喔」了一聲，再把屁股移回原位。

我繼續跟阿咕咕玩著，牠使勁地舔著我的手，屁股上的尾巴猛搖，真的是讓人無法不喜歡。我忍不住摸摸牠的臉說：「唉唷，我們阿咕咕怎麼會這麼可愛？」然後親了牠一下。

康尚昱又馬上靠過來，一句話都沒有說，我轉過頭，想叫他回去坐好吃飯，他卻親了我一口，再快速回到原位繼續吃飯，一邊吃還一邊笑。

怎麼會幼稚成這樣？

等他吃完飯，又盯著他吃完藥，我也打算要離開了，但他又一直假裝這裡痛那裡痛，拉著我的手不讓我回家。兩個人僵持到後來，感冒藥藥效發作，他又昏沉沉地睡著了。

看著他熟睡的臉，回想他在車上對我說的那些話，我喃喃自語地回應，「你知道嗎？不管是什麼關係，都是兩方認定才能成立，因為我愛你，你愛我，所以我們才是戀人。朋友也是這樣，家人也是這樣的。」

同父異母的姊姊不認為我是她們的妹妹，那麼我們之間的關係又怎麼會成立呢？

這件事，我十歲的時候就體認到了。

摸摸他的臉，幫他蓋好被子後，我抱著阿咕咕回家。

回到家，阿咕咕馬上變心跑去找立湘，我真是哭笑不得。樂晴大概從我出門的那一刻起就明白了所有的狀況，所以直接問我，「學長的病好多了嗎？」

我點了點頭，她給我一個意味深長的笑容，表示她知道我們和好了，表示她知道我們沒事了，表示所有的爭吵到最後終將會結束。

「我要去煮泡麵，妳要不要吃？」樂晴問。

我搖了搖頭，今天應付康尚昱一整天，我已經累到不行了，現在只想好好睡個覺。

「太累了，幸好明天是星期天，我一定要好好睡一覺，不管發生什麼事都不要叫我。」

「知道了。」樂晴起身往廚房走去，我則是起身回房間。

不知道是不是真的太累，還是一整個星期以來的緊繃突然解除，我連澡都沒有洗，一閉上眼睛就睡著了。

我睡得很香很甜，也睡到完全沒有知覺，等我再次睜開眼睛，看見時鐘顯示又是下午三點了。我坐起身，扭了扭脖子，結果出現「喀喀」兩聲，差點嚇死我。精神終於恢復了一點，這時，我聽到門外傳來喊著「童媽媽」的聲音。

原以為是自己的幻覺，但沒想到下一秒又聽到了一次，而且非常清楚，是樂晴的聲音，「童媽媽，我還是去叫依依好了，不然妳都等兩個小時了。」

我趕緊起身，走出房間，真的看到我媽坐在客廳的沙發上，正和樂晴、明怡在聊天。

看見媽媽的臉，因為是親人而感到熟悉，但也因為時間與距離而漸漸變得陌生。

我已經三、四年不曾回台南了，竟一時無法接受母親年華老去的臉孔。

媽媽年老的速度比我想像的還要快，印象中她的白頭髮沒有那麼多啊，印象中她臉上的皺紋沒有這麼深啊。看到這麼久沒見的媽媽，再加上時光改變的打擊，我竟開始有一點鼻酸。

在我努力過自己的日子時，我的媽媽變成了另外一個樣子，一個我從未想像過的樣子。

看著她的臉，我思索著，我和媽媽之間為什麼會變成現在這種對立又有點緊張的關係。

我十分驚訝，「媽，妳怎麼來了？」

看見我出來，樂晴和明怡便馬上起身，一個說要去早餐店看看，一個說要去書店逛逛，樂晴要離開的時候，還對我說：「立湘帶阿咕咕去公園散步了。」

她們是刻意留給我和媽媽可以放鬆說話的空間。

她們離開後，媽媽看著我，無奈地笑說：「因為妳都不回家，所以我只好來了。」

聽見這句話，再加上母親老去的模樣，給了我心裡重重一擊。

「為什麼不先打電話給我，我可以去接妳。」我盡量保持平靜地說著。

「我也是臨時才決定要上來的。我不能出來太久，等等要趕快回去，得幫妳大媽量血壓，上次她突然在院子暈倒了。」

每次媽媽一說這些話，我就很痛苦、很氣憤，卻又無能為力。

我的工作穩定之後，雖然一個月薪水不多，但讓媽媽吃得飽穿得暖還是沒有問題的。我曾經問她要不要來台北跟我一起生活，我可以照顧她，她不用在那間房子當佣人、看護，日子可以過得輕鬆一點。

但她很直接了當地拒絕了我。

她告訴我，那裡才是她的家，她要留在那裡。

我不明白她為什麼要如此固執。為了這件事，我氣了很多天，當康尚昱一臉輕鬆地對我說：「妳也不要生氣，妳這種對某些事情這麼堅持的個性，跟妳媽媽是一模一樣的。」聽了他這番話，我才釋懷。

我真的很捨不得看她這麼辛苦。

我沉默著，不敢回應，怕自己太衝動，話一說出口，母女倆又是兩敗俱傷。

媽媽看我沒有反應，又嘆了一口氣，「依依，媽媽真的很希望妳爸生日的時候妳可以回台南，大家一起聚聚。妳爸這陣子身體也不太好，老是這裡痠那裡痛的，飯也吃不下，瘦了好多。」

我腦子裡浮出父親的模樣。我和父親很少交談，比較有接觸的時候，就是每次闖完禍打完架被叫去訓話的時間，此外，我們沒有什麼交集。唯一一次印象最深刻的，是我和康尚昱第一次分手和好的那天，康尚昱在家門口親了我。那時父親剛好從家門口走了出來，目睹這一刻，他尷尬地叫我進去，原以為他會大聲訓斥我說女孩子家怎麼可以這樣亂來，結果他竟是臉紅地要我「一定要懂得保護自己」。

那一刻，我才感受到父親關懷我的模樣，但也就只有那一刻。

媽媽又繼續說：「我知道在這樣子的家庭裡長大對妳很不公平，妳也一直很辛苦，媽媽真的很對不起妳，但是媽媽真的很希望妳可以回家，看看妳爸還有妳大媽。」

我看見媽媽的眼角微微濕潤，這才發現，我的堅持也給她帶很多傷害。

這麼多年來，我們用彼此的堅持，無聲地傷害彼此。

她等待我回應的表情好像在乞求什麼一樣。我低了下頭，內心不停湧出難過的情緒，我竟把自己最在乎的親人變成了一個等待親情的乞丐，而她就這樣坐在我的面前，期待我大發慈悲的施捨。

在世上的所有人之中，我不是最希望能看到她過得幸福嗎？

「依依！」媽媽企盼的聲音又傳到我的耳裡。

我努力平復心裡的酸澀情緒，緩緩抬頭看著媽媽，對她點了點頭說：「知道了。」

媽媽的表情好像得到了救贖一樣，開心地坐到我旁邊，順了順我的頭髮，然後拉著我的手，「好好好，如果有時間，就多住個兩天，媽煮些妳喜歡的給妳吃。好久沒見妳，越來越瘦了，妳的胃本來就不好，一定是三餐都沒有定時吃，看看妳的臉都瘦凹了。」

看她這麼高興，我不自覺鬆了一口氣，「媽，妳吃飯了嗎？」

「在高鐵上吃過東西了。」

「那陪我去吃吧！我還沒吃飯呢。」我站起身說。

媽媽又一臉為難地說：「媽得趕快回家了。」

「不能花一個小時陪自己女兒吃頓飯嗎？」我知道她想趕快回家，但是難得上來台北一趟，我也希望她可以多陪陪我。

媽媽知道拗不過我，只好放棄，微笑地對我說：「好，陪妳去吃飯，媽媽要看妳多吃一點才可以。」

我拉著媽媽的手，帶她到我最喜歡的火鍋店，點了很多高檔的海鮮和牛肉，再不停地挾菜，把她碗裡的食物堆得高高的。

「好了啦，媽吃不下了，妳多吃一點。」媽媽伸手擋了我要挾給她的A5級和牛。

但我還是找了個空隙，成功地放到她碗裡。她無奈地搖了搖頭，「妳一直挾給媽媽，自己都不吃。」

我笑了笑，把一塊魚放進嘴裡。

媽媽在家哪有什麼時間好好吃飯，煮完飯後總是叫大家先吃，自己又開始忙其他的事，她忙完之後我們都吃飽了，最後她才自己一個人隨便吃吃。現在有機會可以讓她好好吃，我當然要把握機會

媽媽吃到一半突然抬起頭來看著我，「對了，心安現在也在台灣，前一陣子她打了電話給妳大媽，說要準備回台灣住了。妳大媽雖然表面上看起來沒有什麼反應，但心裡可高興了，這兩天還說要找人來重新裝潢心安的房間。」

雖然聽到童心安三個字很倒胃口，但我不想打壞媽媽吃飯的興致，只好敷衍地點了點頭。

「妳爸生日的時候，妳們兩個碰到面別再打架了。妳們都是大人了，妳三十歲，心安也三十二了，這樣打來打去，會讓別人笑話的。」媽媽再次提醒我。

我有點生氣地說：「叫她不要來惹我，我就不會打她了。」

媽媽的表情又因為我的語氣開始緊張了起來。

我放下筷子，嘆了口氣，「我不會和她打架，要打的話，前幾天我就打了。」

媽媽疑惑地看向我，「妳們見面了？」

「嗯，她在台北出差，碰了兩次面。」我冷靜地說完，再次拿起我的筷子。

「那就好，她跟妳大媽說事情處理完就回家了。總之別再打架了，尤其又是妳爸生日。」媽媽不停地再三叮嚀。

味道。

「知道了。」我無奈地回答。想到過幾天又要看到她，我吃著食物，卻越來越吃不出味道。

吃完飯後，我帶媽媽到高鐵站搭車。在車站，我買了些糕點讓媽媽帶回家給父親和大媽，他們都知道媽媽來台北了，我這個做晚輩的得有一點表現。

「媽，到家打電話給我。」我在票口和媽媽道別。

「知道了。明天要上班，妳也趕快回去休息。看看妳，這兩天越來越涼了，妳就穿著一件短袖出門，感冒了怎麼辦？對了，這次沒有看到尚昱真是可惜，記得帶他回家一起幫妳爸過生日啊！」媽媽伸手搓了搓我的臂膀。

我拉開了她的手，「我不冷啦！妳回家小心一點，知道嗎？時間快到了，妳趕快進去。」

我想，如果康尚昱知道我要回台南，應該會很開心吧！

確定媽媽走進月台後，我才從台北車站離開。回到家，樂晴、明怡、立湘和孫大勇四個人正在客廳看著美國影集，吃著披薩。

「回來啦！」樂晴問。

我點了點頭。

「童媽媽回台南了？」明怡問。

我點了點頭。

「吃過了嗎？」立湘問。

我再點了點頭。

「我可以打電動嗎？」孫大勇問。

我頭腦很清楚地搖了搖頭。

明怡在一旁笑了出來，對著我說：「樂晴跟大勇說，如果妳答應了他，她就讓大勇打電動。」

我笑笑，告訴孫大勇，「想誆我，下輩子吧！」

孫大勇站起來，痛苦地指著電視上的劇集，「看這個真的很沒有營養耶，好好的人不當，要讓自己變成吸血鬼，妳們覺得這個合理嗎？長這麼白這麼帥，還有八塊肌的吸血鬼合理嗎？不合理嘛！」

樂晴冷冷地補了一槍，「那你說，你都三十歲了剛才還在湯姆熊裡面跟一個小學生搶遊戲機台，重點是還搶輸，你覺得自己合理嗎？」

孫大勇默默坐下，再度拿起披薩，沒有靈魂地吃著。

我笑著走回房間，洗掉整身的火鍋味後，再出來和他們一起看影集。看到一半，明怡突然說：「依依，是不是妳的手機在響？」

我認真聽了一下，聲音好像是從我房間傳出來的。才起身想去房間接聽，鈴聲就停了，然後換孫大勇的手機響起。

他從口袋裡拿出手機，看了一下之後遞給我，「找妳的。」

螢幕上方顯示的名稱是：依奴。

我沒好氣地瞪了孫大勇一眼，按下接聽鍵。康尚昱很有精神的聲音從電話那頭傳了過來，「大勇，妳在樂晴那裡嗎？依依在家嗎？」

「我在家。」我冷冷的。

電話那頭安靜了三秒後，換上一副要死不活的聲音，「依依，妳在家啊。」

「嗯，怎麼了？」

「我今天好像都沒有吃東西耶。」他虛弱地說。

「那快去吃啊！」

「我沒有力氣出去買。」

「我幫你叫外送。」我說。

哪來那麼多藉口？

電話那頭的人再次沉默，過了幾秒後，傳出一陣長長的咳嗽聲，然後電話就突然掛掉了，不知道他現在又在演哪一齣。

我把電話還給孫大勇，順道說了一句，「把名字改過來，難聽死了。」

孫大勇頭也不抬，眼睛看著電視上的吸血鬼，伸出手拿走手機，開口說：「之前的更難聽，童依依的寄生蟲。」

我拿起抱枕狠狠地砸向他，他輕輕「喔」了一聲。

明怡看著我問：「是學長打來的嗎？他生病好多了嗎？妳要不要過去照顧他？」

「昨天看過醫生了，應該沒有事，我昨天回家的時候他都退燒了。」我坐回原來的位置，繼續看著電視。

樂晴也繼續說：「妳買點東西過去給他吃吧！要一個生病的人自己煮東西也很勉強。這兩天開始變冷了，他病還沒有完全好，出去亂晃再感冒一次就完蛋了。」

腦子裡傳來他剛剛的咳嗽聲，我開始擔心了起來，只好站起身，走回房間，拿起正在充電的手機，螢幕上顯示有好幾通未接來電。我回撥給康尚昱，打了三次都沒有人接。

我只好拿著外套又衝出去，當我再次走進他家，看到他臉上的笑容，我才知道我又被騙了。

被騙有兩種，第一種是不願意，第二種是心甘情願，最慘的通常是後面這一種，因為即使最後一無所有，仍會幸福地微笑。

很不幸的，我也只能把自己歸類在第二種。

我們總是無意或有意地犯了相同的錯誤，當相同的誤會一再產生，「無意」最後也與「有意」沒什麼分別，然後再也無法挽回。

第六章

我們總以為，第一次分手過後我們應當更加珍惜彼此。但如果是這樣，就太不符合我們人類應有的現實。所以，接下來的日子，沒有意外地，我們又分手了幾次。

因為失約，分手。因為不接電話，分手。因為講話大聲，分手。因為脾氣固執，分手。因為沒有報備行程，分手。各種理由都有可能造成我們分手，但分手不是我們要的結果，說分手，是像小孩要糖吃一樣，為了達成目的，以吵鬧做為手段。

距離目前最近一次分手，是康尚昱要入伍前一個星期才告訴我，他決定先去當完兵再繼續讀研究所。我並不是沒有做好他會去當兵的心理準備，事實上，不管他要去當兵幾年，我都會等他。

和第一次分手的狀況一模一樣，這終究還是個「時機」的問題。

要入伍的一個星期前才告知，真的不是任何一個女人都能接受的時間。於是，他要進新訓中心的那一天我沒有去送他，他當兵時，我也沒去看過他半次，我們又回到第一次分手的那個循環。

他當了快兩年的兵，我也單身了快兩年。那段期間，雖然有人追求我，我卻一點感覺也沒有。那時，我是有點恐慌的，害怕自己心裡除了康尚昱之外再也裝不下別人。所以我曾試著和其他男生出去吃飯，但也僅此一次。因為，看著別人的臉，我竟然更想念康尚昱。

用另一段愛情來忘掉上一段感情這件事，在我身上是行不通的。

所以，當他退伍那天來找我時，我們又一次地和好了，樂晴說我們真的要分手，大概比兩岸統一還難。因為知道分手對我們兩個人來說不是簡單的事，我們鄭重約定好，「從現在開始，我們都不要再輕易說分手。」

於是，就這麼走到現在。這個男人在我人生中占據了三分之二的時間，如今，怎麼樣我都不想再放手了。

「都跟你說了放手，不要再聽你的藉口，都跟你說過放手，不要再當什麼精神上的解脫，都跟你說了放手，我不再是你的小丑……」

一大早的，林裕芬正聽著廣播，一聽到這首歌，她馬上把音量調得很大聲。我沒有記錯的話，是之前一個男子團體的歌。印象會這麼深刻，是因為我搬進樂晴家時，她每天早上都在聽這首歌，她喜歡那個男子團體裡面的一個成員，好像叫什麼達的，她還有簽名海報，至今都好好地貼在她房間牆上。

我抬起頭來看著林裕芬，她也正跟著歌曲哼著，非常地忘我，一副好像我不存在的樣子。

「妳一大早心情這麼好？」我問。

她笑得非常開心，然後點了點頭，起身走到我面前，開始擺弄各種姿勢，看的我眼花撩亂。

我不知道她到底想表達什麼，我只想帶她去看醫生，看看是哪裡出了錯。最後，她擺了姿勢，像歐美名模那樣把手放在臉旁邊，嘴唇還微微嘟起，定格好幾秒鐘。

我忍不住問她，「妳牙齒痛嗎？」

她生氣地放下手來，「妳才眼睛有問題呢！」接著，她手伸到我面前，「妳沒有看到什麼嗎？在妳眼前沒有看到什麼亮亮的嗎？沒有看到什麼在閃閃發光嗎？」

我真的很認真看，但什麼都沒看到，「妳手指上死皮有點多。」我說。

林裕芬整個大發狂地把手伸回去，從手上拔下什麼東西，遞到我手中，「看，美嗎？」

我拿起手上的戒指，那是女人的夢想。鑽石恆久遠，一顆永流傳，雖然這戒指上的鑽石不大顆，但整個設計和做工都非常精細，很美。

「嗯，不錯，但這是？」我好奇地問。

她伸手拿回戒指戴上，重新開始在我面前擺弄，「他昨天跟我求婚了。我是想，他那麼愛我，我不嫁給他的話他該怎麼辦？所以只好答應了。不然，這顆這麼小，我得考慮久一點才是。」

林裕芬就是愛在我面前逞強，明明先前有一次吵架還在廁所哭了半個小時，男友說一她就不會說二的人，面對男友的求婚考慮好久的「好久」，或許只有兩秒。

「這麼勉強的話，還是我幫妳拒絕？」看在五年多的同事情誼上，這點小事我可以幫她完成。

「妳少破壞別人感情了，還是妳在忌妒？真是不好意思，我的進度超前妳和尚昱哥了，是不是讓妳心情很不好？」說完，她還吃吃地笑。

我沒好氣地瞪了她一眼。此時剛好桌上的分機響了，林裕芬直接幫我接了起來，「總經理祕書室您好！」

「啊！尚昱哥，好久不見！真的很久沒有看到你了，有空來公司坐坐啊！」對於跟男人講話就會提高八度音的女人，我表示非常佩服。

林裕芬沒有打算把電話還給我，還繼續跟康尚昱聊著，「對了，尚昱哥，我可能過一陣子要結婚了，日子還在選，喜宴的時候一定要來喔！不過，你和依依在一起這麼久了，怎麼還不結婚啊？女人到了三十……」

她還沒有講完，我就馬上搶過話筒，對林裕芬揮了揮手，示意她滾回自己的位置上坐好。「結婚」在我和康尚昱之間是一個很飄渺的幻影，他沒有看到，我則是看不到。

「怎麼了？」我直接問。

他在電話那頭笑了笑，「我都沒有想到，我們依依也三十歲了。」

我翻了個白眼，「你想被我揍嗎？」

「妳想怎樣我都可以。」他又在講大話了。

「存款、車子、房子過戶到我名下。」

「好啊，什麼時候去辦？」他又笑得更開心。

戀人之間，這種沒有意義的對話總是占了大多數。他做不到，我也不會去做的那些事情，我們總是可以說得很大聲。像是昨天晚上，因為他一直不去洗澡，我狠狠凶了他一頓後，他就說他要去找年輕溫柔的美眉，我也跟著說我要去包養一個又帥氣又有六塊腹肌的小白臉。

互嗆了半個小時，說著一堆沒有意義的話，最後我們依然擁抱著彼此入睡。

不過，偶爾我們也是會有正經的時候。尤其每次吵完架後要和好，就像戰爭過後一樣，若雙方願意繼續和平共處，那就必須簽定一些條款和協定，把界線畫分清楚。不過，戀人之間不需要白紙黑字，只要從對方口中說出來的，就是承諾。

先前和康尚昱和好後，隔天，我們隔著餐桌面對面坐著，我很坦承地告訴他，「童心安一直是我很大的陰影，在家庭關係上是，在你和我之間的關係上更是，我只想和她保持距離。」

他看著我，原本想再說點什麼，但還是認同地點了點頭。

我繼續說：「我知道你擔心我，但是，在這個世界上，不是有血緣關係就必定親近，更何況她是我同父異母的姊姊，還是我打了這麼多年架的情敵。所以你不要期望我們可以好好相處，我和童心安最好的相處方式，就是各過各的生活。」

「難道妳沒有想過或許會有改變的一天嗎？」他不肯放棄希望地說。

我很老實地回答，「我不知道會不會有那麼一天，但絕對不是會是現在。現在，她的存在還是讓我非常不安，接下來的日子，我很害怕我們不知道又要因為她而吵多少次架，光想到這裡我就已經累了。」

他嘆了口氣後，起身到我旁邊坐下，然後抱著我，拍拍我的背，在我耳朵旁說：「我知道了，我不會再對妳說要和心安好好相處，我不會再跟心安私底下聯絡，我也會和心安保持距離，不讓她再成為我們吵架的原因，所以，妳不要害怕。」

聽著他的聲音，我也伸出手抱著他，安心地點了點頭，突然覺得一切都輕鬆了起來，不再像有人掐著我的喉嚨般讓我總是喘不過氣。

而電話裡的聲音又把我飄走的思緒拉了回來，「我剛向飯店裡的西點師父訂做一個蛋糕，師父說他最大只能做到十六吋，妳覺得夠嗎？還是我訂兩個？」他聲音中透露出苦惱。

「你幹麼訂蛋糕？」我問。

他一副好像我說了什麼傻話的樣子，聲音激動起來，「妳爸生日耶，不用訂個蛋糕嗎？而且我剛還去買了妳媽愛吃的鳳梨酥和綠豆椪，大媽的話，我是買了一些健康食品，對降血壓有幫助的，妳覺得還要再帶點什麼東西回去嗎？」

我沒有設想到的，他總是會幫我想在前面，我心裡流過一陣溫暖，「不用了，很多了，而且你蛋糕訂了十六吋不會太大嗎？就幾個人而已。」

他又笑了笑繼續說：「童爸這麼大器，妳要我訂一個小蛋糕能看嗎？」

我笑了笑，對他說了聲謝謝。

「謝什麼啊？我不是說過，妳永遠不用對我說謝謝，如果妳還想到什麼要買的，再跟我說。」他豪氣地說。

有康尚昱的日子如此踏實，我在充滿幸福感的情緒中和他結束了對話。

但當我再抬頭看到林裕芬時，立刻想到她剛犯的錯誤，什麼結婚？什麼三十歲？我回台南的日子絕不可以讓她太好過。

我把一進公司就寫好的幾個待處理事項筆記拿出來，在紙上列好完成時間和明細，走到她面前，放到她桌上。

她原本一臉笑嘻嘻的，先是看了看那張清單，再一臉狐疑地看向我，「這是要幹麼？」

我露出微笑對她說：「我從明天開始請三天假回台南，總經理已經准假，所以接下來三天要麻煩妳照顧他一下。」

林裕芬倒抽了一口氣，看了上面密密麻麻的字，劈里啪啦地開始說：「妳回台南幹麼？沒事幹麼回去台南？還回去三天？是有多重要的事？妳一定要現在回去？我跟總經理沒有話講，而且我看到他很緊張好嗎？妳不能等他出差再請假嗎？」

「沒辦法，我家有事。」我一臉無辜地看著她，愛莫能助。

她哭喪著臉，廣播也沒有心情聽了，垮著肩膀，努力地消化我交代她的所有事情。

下班前，她不忘懇求我，「沒事就早點回台北。」

嗯，沒事的話我當然會早點回來，但不會來上班。我心裡是這麼想的。

隔天早上，我先陪康尚昱到飯店拿了那個十六吋的蛋糕。那個將近四十公分大小的盒子雖然包裝得非常美麗，提袋也很有質感，但一看到他提著向我走來，我依然覺得他瘋了。

他本人的表情也是不可置信的樣子，一臉疑問地看著我，「十六吋怎麼會那麼大啊？」

陷。

「不然你以為十六吋很小嗎？」我無奈。

他用很懵懂的表情繼續說：「十六這個數字感覺起來很小啊！」

我嘆了口氣，造物者最公平的就是：再怎麼聰明完美的人，都不會忘了給他一點缺陷。

想到他那麼為我著想，買了這麼多東西給我媽，我也在昨天晚上去買了兩瓶康爸爸喜歡的酒，還有康媽媽喜歡的紅蔘。

出門的時候，兩個人手上就提了大大小小一堆伴手禮，現在再加上這個蛋糕，真讓我有點想哭。

我要康尚昱好好提著蛋糕不要撞壞了，其他的東西都由我負責拿。我們到了高鐵站時，我的雙手已經開始發抖了。

坐上車的那一刻，我累得嘆了超大一口氣。

康尚昱開始幫我按摩手，我則是無力地說：「從今以後我們都不要再買東西回去了，我們就斷了這個念頭，帶著心意回去就好。」

他笑了笑，繼續捏著我的手，就連我的手機傳出收到文字訊息的聲音，我也已經累得不想理會。看了康尚昱一眼，他很自動地從我的包包裡幫我拿出手機，然後開始唸裡面的內容給我聽。

「樂晴說：『妳回台南好好玩，記得不要跟童心安吵架！回來的時候，幫我帶瓶雙全紅茶，還有度小月的肉燥。』

「明怡說：『雖然我知道妳會忍不下去，但還是要提醒妳一下，不管童心安跟妳說什麼，就當做沒有聽到。』

「立湘說：『阿咕咕的飼料沒有了，可以讓牠吃雞腿嗎？不行的話，豬排可以嗎？對了，回家就別跟妳姊姊吵架了。』」

康尚昱看著我，一臉不解，「心安有這麼可怕嗎？」

我很認真地點了點頭，全天下大概只有他不覺得童心安可怕吧。不過說真的，有哪個女人會在自己喜歡的人面前露出真正的原形，女人都一樣，差別只在戴了多少張面具而已。

我大概就只剩自尊那張了。

接著，我不忘提醒他，「不要忘了你說要和童心安保持距離喔！」

康尚昱笑了，「要多遠？」

我思考了一下，計算了一下，給了他一個很切確的數字，「五百公尺以上。」

「五百公尺啊，那我可能要先搬家吧。」他笑著，伸出手撥開我臉上的髮絲，安慰著我說：「不要擔心。」

我也笑著回應他，「知道了。」

不過，想到再過一個多小時就要看到童心安，我的心情就煩躁起來，只能在心裡祈禱這幾天可以平安度過。

我從康尚昱手上拿過手機，才想撥電話給立湘，交代她不可以讓阿咕咕吃那些東西，她卻傳了圖片訊息過來，上面是阿咕咕正咬著豬肉，吃得非常開心的樣子。接著立湘又傳來一句，「牠是不是看起來很幸福？」

我又忍不住嘆了口氣，算了，人生真的要在某些時候看開。

好久沒有回家，其實我有點不安，也有一點點陌生，更有一點點激動，只是，我一旁的康尚昱並沒有察覺我的心情，不久後他就入睡了，而且睡得非常熟。我努力調整自己，想著當我看到父親、看到大媽、看到童心菱、看到童心安的時候，應該要用什麼表情面對。

這一切的事前準備或演練，其實一點作用也沒有。

面臨我要踏進家裡的那一步時，我還是忍不住退縮了一下。但我連逃走的念頭都還來不及成形，父親就剛好從房間走出來，和剛走進客廳的我對看著。就像媽媽說的，父親變得好瘦，原本還算豐潤的臉頰凹了進去，頭髮白了很多，蒼老了很多，和我記憶中的樣子差好多。

我不習慣地喊了一聲，「爸，我回來了。」

父親也不習慣地給了我一個微笑，然後說：「嗯。」

媽媽剛好也在這個時候扶著大媽走了出來，看到我回來，開心地喊著，「依依，回來啦？」

要不是知道媽媽扶著的人一定是大媽，我還真的完全認不出來大媽的模樣，和我幾年前看到的比較起來，她實在是老去得太快了。時間在每個人身上產生了不同的化學作用，再加上生病，大媽看起來像是風中的蠟燭般，虛弱得不堪一吹。

當年我第一次見到大媽的時候，就被她冷漠的眼神刺傷。原本以為她會和童心菱一樣非常恨我們，想盡辦法欺負我們，但是她沒有，她對待我就像對待一個寄住在自己家裡的別人家孩子，不疾言厲色但也從不主動親近，對我媽也是一樣，所以媽媽一直很尊敬她。不過，最近幾年童心菱結婚了，童心安在美國，孤獨的大媽也變得開始依賴媽媽。

還沒有回應媽媽，我就先向大媽問好，「大媽好。」

大媽的視力好像變得很差，她彷彿用盡全身力氣似地看著我，卻好像我是一團迷霧般怎樣都看不清楚，後來媽媽在她身旁說了聲，「是依依。」

大媽才恍然大悟，微笑地對我說：「依依回來啦！太久沒有看到妳了，都不知道妳變這麼漂亮了。」

原本對我非常平淡的大媽突然講出這樣的話，我愣在原地，不知道該怎麼反應。

還好站在一旁的康尚昱開了口，「童爸，這是要幫你過生日的蛋糕。」

媽媽扶著大媽坐下後，從康尚昱手中接下蛋糕，「辛苦你了，怎麼帶這麼大一個蛋糕回來？」

康尚昱笑了笑，「童爸生日，怎麼可以沒有蛋糕？那你們忙，我先回家看看我爸媽。」

父親也對他笑笑，「好，趕快去，你爸前兩天才在說你好幾個月沒有回家了。」

康尚昱走掉之後，媽媽對我說：「依依啊，回房間休息一下，提了這麼多東西，應該很累了。」

我點了點頭，「那爸、大媽，我先上去了。」

父親和大媽異口同聲地朝我說著，「快去，好好休息。」接著我幾乎是半跑步地走回房間，這突如其來的改變讓我有點不知所措。

回到房間，我花了十分鐘才冷靜下來，才有時間欣賞我的房間。裝潢似乎變了一些，原本有點脫落的牆壁現在都修補好了，還貼上銀白相間的壁紙。以前的單人床變成了雙人床，書桌和梳妝台也和雙人床架的材質做了搭配，採用了深咖啡色的大地色系，燈也從日光燈換成了水晶黃光燈。

我不懂，童心安要回來，為什麼連我的房間也跟著裝修？

我還滿肚子疑問時，媽媽開了房間的門，端了杯茶給我，「依依，先喝點柚子茶，這個柚子是前陣子中秋節時，住麻豆的叔公搬了好幾箱過來的，可是妳們都不在，我們三個老人家吃不完，我熬成果醬味道真的很好，泡起來也很好喝，妳喝看看，喜歡的話帶一瓶回台北。」

我接過來喝了一口，柚子的香氣在嘴裡散了開來，「很好喝。」

媽媽得到讚美，興奮地說：「妳大媽每次聞到香味都很想喝，可是她在吃控制高血壓的藥，不能吃柚子，只能在旁邊看妳爸爸喝。」

我點了點頭，然後問起，「我的房間什麼時候裝修的？」

媽媽微笑著坐到我的床上，先是看了一圈我的房間，才緩緩地開口，「是在裝修心安房間的時候一起弄的。妳大媽說妳的房間也要順便裝修，不管以後結婚還是住在別的地方，家都是根，總是有回家的時候，要住得舒服才可以。」

這一段話好像外星語一樣，聽得我迷迷糊糊，無法想像這些話會出自大媽口中。我呆坐在梳妝台前的椅子上，不知道怎麼回應媽媽。

媽媽見我沒有什麼反應，只能微微嘆了口氣，「好啦，累了就先睡一下，媽去準備晚餐。對了，心安已經回來了，妳要不要去打個招呼？」

我搖搖頭。

媽媽惋惜地說：「好吧！那媽去忙了。」

媽媽離開之後，我躺在床上，努力試著適應這些變化，把十歲開始到這裡來的那一天至今所有發生過的事情想過一遍，卻怎麼也沒有想到會有這樣的變化，或許這就是人生美妙的地方，因為無法預測。

在記憶的旅程中，我不知不覺睡著了。

再次醒來，我聽見一陣急促的敲門聲。我睜開眼睛，帶著睡意去開門，在門外的那張臉一映入我眼中，我馬上恢復精神，裝備上警戒狀態。敲門的不是童心安，是她的姊姊童心菱。

一看到我，她就不客氣地說：「請問妳是哪位？還要我媽叫我上來請妳下樓去吃飯。幾年不見，變得這麼大牌？」

不同於童心安所擁有的那種幹練氣質，童心菱個子嬌小，長相甜美，因為從小就被保護得非常好，所以個性十分直來直往，常常得罪人，換過不少工作，最後索性不再繼續工作。父親於是叫她趕快嫁了，幾年前結婚，生了一對雙胞胎。

只是，才幾年不見，她的身材就像吹氣球一樣圓潤了非常多。看著她的肚子，我忍不住問：「預產期什麼時候？」

她氣惱起來，「童依依，妳說什麼鬼話，我哪裡看起來像懷孕了？小老婆生的女兒，講話就特別難聽，快滾下去吃飯吧妳。」

我說過我不怕童心菱，因為她很直接，或者應該說她沒有那麼聰明，不會去使一些小技倆。面對她的叫囂，妳越不在意，她越會直跳腳。

「嗯，辛苦妳了，肚子這麼大還得上二樓叫我吃飯。」我微笑地看著她。

她氣得一句話都說不上來，只能狠狠瞪著我，然後氣鼓鼓地再敲對面的門喊著，「童心安，妳也下來吃飯！一回家躲在房間幹麼？」

說完之後，童心菱轉過頭來生氣地撂下，「妳給我記住！」接著甩頭就走。

這種三歲小孩的台詞她還在用，難道不是太單純的證明嗎？

忍不住搖了搖頭。打算下樓時，童心安剛好也打開門走了出來。我們兩個對看了一下，她笑著對我說：「真沒想到妳會回來。」

我沒有理她，移開視線，往樓下走去。她跟在我後頭，開始跟空氣對話，「康尚昱真是辛苦，遇到一個肚量這麼小的女人，真不曉得他為什麼會這麼想不開？」

想到了樂晴她們的囑咐，還有媽媽的立場，我這次真的不想和她打架，所以我當作沒有聽見，走下樓坐到餐桌前，吃了一頓無話的晚餐。

吃完晚餐回到房間時，康尚昱傳了訊息過來，「快來。」

我笑了笑，下了樓，走到院子裡我和康尚昱第一次見面的圍牆邊。圍牆又比我上次看到時要破舊了許多。他正在站在他家那邊，趴在圍牆上對我笑著，我想起他小時候的樣子，忍不住笑了。

他一看到我就說：「看起來好像還沒打架。」

我苦笑一下，「雖然很想動手，但想到我也有年紀了，只好算了。」

他伸出右手摸了摸我的頭，「很好。」然後他又伸出他的左手，塞了一顆糖果到我嘴裡。我吃著吃著，這味道讓我忍不住驚訝，「這是柑仔糖？」現在幾乎都找不到這種糖果了，得要去很舊式的雜貨店或是老街才有。

康尚昱笑著點點頭，「好吃嗎？我下午陪我媽去逛午後市場，剛好看到一間雜貨店，發現居然有賣，我就買了一整盒，我們再帶回去台北吃。」

「好。」我心裡甜滋滋地回答。

「但是妳不可以用這個丟我，這種沒有包裝紙，會長螞蟻。」他先把話說在前面。

我笑了，「我都不知道你會在乎螞蟻。」

他理所當然地說：「我當然不在乎螞蟻，我是怕螞蟻會爬到妳身上。」真會說好聽的話。

他又繼續說著，「妳知道小鳳阿姨的理髮店收起來了耶，現在變成她女兒在經營藝術指甲，妳有一次在那裡剪頭髮，不小心被剪得太短，回來哭了很久，妳還記得嗎？」

我大笑了兩聲後，點了點頭，這個我當然記得。

「還有阿冬叔也沒有在賣菜頭粿了，那個店變成披薩店了。以前我們下課都會去那裡吃菜頭粿，再喝菜頭湯，都是台北沒有的味道……」康尚昱滔滔不絕地講著他今天下午逛了一圈的發現。

我們兩個陷入了回憶，聊得不可自拔，回家躺上床的那一刻，已經是凌晨三點了。所以，隔天我又一路睡到了中午。

下樓時，才發現客廳坐滿了人，父親和大媽正在招呼客人。外面的院子正在搭棚子，辦桌師傅吆喝的聲音傳進屋裡。媽媽從廚房走了出來，端了一些茶到客廳給客人喝，看到我下樓，趕緊走到我旁邊，「妳怎麼睡那麼晚，媽忙得沒有時間上去叫妳……」

大媽突然開口說：「小孩子多睡一點沒有關係，依依，廚房還有一些麵，快去熱來吃。」

我受寵若驚地點了點頭，「喔，好！」

客廳裡的客人開始打量著我，然後和大媽討論起來，「她就是依依啊！長得跟她媽媽很像，很漂亮啊！」

聽到這種話，大媽應該要生氣的，但她竟笑著說：「是啊！跟她媽媽真的長得很像。以前念書的時候，她功課可是比我們家那兩個要好得多了。」

「這樣啊，還沒結婚吧！阿朋他兒子好像也還沒有女朋友……」客人開始關心起我的終身大事。

大媽急著拒絕，「阿朋他兒子怎麼配得上依依？依依跟阿康他兒子從小青梅竹馬，很快就會結婚了啦！」

我聽著大媽的一字一句，還不能適應她的改變，我愣在原地，不知道該何去何從。

還好媽媽拉著我走進廚房，「趕快來吃麵，妳就是這樣，才會三餐不正常啦！」

我和媽媽一起進廚房，媽伸手指了指鍋裡的麵，叫我動作快一點後，又開始在流理台前準備切水果去給外面的客人吃。我添了碗麵，坐到餐桌前，童心菱的五歲雙胞胎兒女也在坐在一旁吃著麵，食物殘渣掉得整個桌子和地上都是，兒女的長相都很像童心菱，個性更是像，一個王子病一個公主病。

王子指著麵對著我媽背影說：「這個好難吃，我不要吃了。」

媽媽專心削著蘋果，根本沒有注意到，王子便把手上的兒童用塑膠叉子往我媽身上丟。我被這一幕嚇傻，吃驚地看著一個五歲的孩子這樣撒野。

媽媽感覺背後被東西丟到，所以轉過身，王子又朝我媽說：「喂！這個好難吃，我要吃炸雞。」

更讓我感到不可思議的是，我媽竟笑著走過來安撫這位王子，「品俊啊，晚一點會有很多很好吃的東西，你先把這些麵吃了好不好？」

公主在這個時候也出聲了，「我媽媽說我們想要吃什麼都可以叫妳去買，我也不想吃麵，我要吃薯條。」

王子跟著附和，在廚房開始大吵，「我不要吃這個！我不要吃這個！我不要吃這個！我不要吃這個！我不要吃這個！我不要吃這個！我不要吃這個！我不要吃這個！」

我站起身，走到他們面前，當著他們的面把麵倒掉，一臉嚴肅地對他們說：「不吃就不要吃，出去。」

兩個小孩看到不熟悉的我，再加上我這麼凶的態度，公主突然哭了出來，不到十秒鐘，童心菱跑進廚房，抱著公主說：「怎麼啦！我的寶貝，怎麼突然哭了？」

王子開始告狀，「媽咪，那個阿姨是誰啊？好凶喔！」

童心菱抬起頭，看到我站在一旁，便很不客氣地對我開口，「妳是哪根蔥？敢凶我女兒？」

我忍不住笑了一下，「憑我是妳不得不承認的妹妹，是爸爸二老婆的女兒，身體裡有一半跟妳流著一樣血，這兩個小孩再怎麼不願意承認，我都是他們爺爺二老婆的女兒，他們還得叫我一聲阿姨，他們要如何沒有教養，跟我沒有關係，但請離我媽遠一點。」

童心菱被我說的實話刺傷，生氣地出手推了我一下，「妳現在是在囂張什麼？二老婆的女兒有這麼了不起嗎？」

我媽見狀，趕緊擋在我前面，想要拉住她。「心菱啊，依依不是那個意思，妳不要跟她計較，也沒有什麼嚴重的事，就算了吧！」

童心菱用力拍開我媽的手，那個聲響狠狠地抽了我的心一下。我生氣地把媽媽拉到我背後，然後抓住童心菱的手，狠狠地對她說：「妳希望我像打童心安那樣出手嗎？就算今天是爸爸生日，只要妳敢動我媽，我絕對打到讓妳住院，醫藥費我會負責。」

大概是從來沒有見過我這麼生氣，她害怕得退後一小步。

我又繼續說：「不要再讓我看到妳和這兩個被寵壞的小孩對我媽沒有禮貌，我會怎麼做，妳一定知道，如果不知道，我可以現在做給妳看！」

童心菱當然看過我狠狠打童心安的樣子，她不敢對我怎樣，只好用力推開椅子洩憤，把兩個小孩帶出去。

但其實我多想追出去好好教訓一下她跟她的小孩。

媽媽看著這一場鬧劇，擔心地拉住我的手，還想勸我不要再生氣時，我已經先開口了，「媽，如果妳想讓我認同妳的選擇，那請妳好好保護妳自己，不要讓我再看到這樣的場面。」

我鬆開媽媽的手，從那個油膩的廚房走過，從來來往往的客人之間走過，從院子裡長長的石磚路走過，最後打開大門走了出去。我需要深呼吸，不只一口氣。

我走到附近小學後面的大榕樹下坐著，這裡是我和康尚昱從小玩到大的樂園，夏天能在這裡乘涼，冬天能在這裡避風。他在這裡看書，我在這裡聽音樂。他在上面爬樹，我在下面拿著冰淇淋等他。

也許是大榕樹健康地生存了很久，這樣的長久變成了一種信仰，樹枝上綁著許多不同顏色的絲帶，我並沒有看上面寫了什麼，因為我對別人的願望沒有興趣，就像別人對我現在的心情沒有興趣一樣。

十一月初的風，剛開始吹著是涼，吹久了之後我開始覺得冷，但又不想回家，自己和自己打仗，最後心理還是輸給了生理，我穿著薄長袖，現在開始在流鼻涕了。站起身，拍了拍長褲上的灰塵，我拖著緩慢的腳步走回家。

繞著小巷，看著那些改變和沒有改變的，才知道自己經歷過了這麼多時光。

走著走著，快到家的時候，突然有人從後方牽了我的手，然後走到我旁邊和我並肩而行。我先是小小地驚訝了一下，但馬上恢復鎮定，只有一個人會這麼做，我安心地也回握住這隻手，隨即笑著轉頭看向身旁的人，

康尚昱也正微笑地看著我，然後說：「去哪了？找了妳一下午。」

「剛出去走走而已。」

他鬆開我的手，接著把身上的外套脫下來披在我身上，看著我說：「手涼成這樣，最好是剛出去走走，妳騙我啊！」

我笑了笑沒有回答。

他大大地嘆了口氣，把我擁入懷裡，摸著我的頭，在我耳邊說著，「辛苦妳了。」我想我媽應該又去找他當救兵了。

我在他懷裡微笑，感謝老天爺並沒有讓我失去太多。

我和康尚昱回到家時候，院子裡已經擺好三張大桌，已有一半的客人入座，還有許多孩子在草地上玩耍，談話聲和喧譁聲頓時讓家裡變得很熱鬧。

康尚昱笑著對我說：「還好蛋糕買對了，走吧！我們也去坐。」

他帶我坐在康伯伯和康媽媽旁邊，康伯伯疑問地說：「依依，妳應該要去坐主桌啊！今天可是妳爸生日。」

我不知道怎麼回答，只能傻笑。如果可以，我多想當這個家庭的旁觀者，看著就好，不需要參與，就不會覺得難過。

康尚昱在一旁說著玩笑話解救我，「爸，沒有依依我會吃不下啦！」

一講完，馬上被康媽媽K了後腦杓。

我坐在第三桌，看著童心安扶著爸爸，我媽扶著大媽，他們一起走出來，在主桌入座，童心菱和她的先生小孩隨後也加入，這樣的畫面很和諧，很剛好。

大媽在媽媽的耳邊說了些話之後，媽媽就開始四處張望，然後眼神和我對上。她走了過來，十秒後來到我面前，小小聲地對我說：「大媽叫妳要過去坐。」

我看了一眼康尚昱，他緊緊握了握我的手，示意我過去坐。我只好起身，跟著媽媽坐到了主桌，位置還在童心安旁邊。她笑著看了我一眼，我別過頭不去看她，而坐在對面的童心菱則是很不屑地瞪著我，兩個小孩看到我來，也不講話了。

和康尚昱的身旁比起來，這裡就像地獄一樣冰冷。

幸好很快就開始上菜了，免去沉默的尷尬，也不用假意地寒暄，媽媽不停地幫大媽挾菜，童心安幫爸爸剝蝦。坐在這裡，我卻一口東西也吃不下，甚至連筷子我都不想拿起來。大媽突然開口，「依依不喜歡嗎？這是老師傅手藝，口味很道地，台北吃不到的。」

恍神之中被點名，我嚇了一大跳，忍不住清了清喉嚨，「沒有，可能我下午吃了東西，現在不怎麼餓。」

父親在一旁也開口，「不餓也多少吃一點。」

我點了點頭，只好開始痛苦地進食。

接著，有些親戚開始過來打招呼，客氣一點的還會跟我和我媽點個頭，不客氣的，會當我跟我媽像裝飾菜盤的假花一樣視而不見。但我對這些並不在意，從小到大，我早就已經免疫。

這是現實的人情，又怎能責怪世故的無情？

最讓我痛苦的，是童心菱的兩個小孩又開始不停地犯病，吵著這個不吃，那個不吃，吵著要沾什麼醬，吵著要用什麼 Kitty 的湯碗。我媽聽了，就主動起身去拿，一頓飯下來，我媽已經站起來不知道幾次了。

明明滿桌子的菜，公主又哭著要喝牛奶。我媽又很認命地站起身，但我實在是看不下去，站起來說：「媽，我去拿就好！」

媽媽回頭看著我，「不用，妳又不知道在哪裡，我去拿就好，妳趕快吃。」

我只好又重新坐下。看見童心菱那副勝利的表情，我真想拿水潑她，倒是一旁的童心安教訓了公主，「現在是吃飯時間，為什麼要喝牛奶？」公主一聽到，又開始嘟著嘴快哭了的樣子。

童心安繼續朝童心菱說著，「孩子都被妳給寵壞了。」

童心菱不甘心被罵，馬上大聲反駁，「哪個小孩不是這樣？她只是想喝個牛奶有什麼不行嗎？」

然後，公主哭了。

我嘆了口氣站起身，對著父親和大媽說：「爸、大媽，我吃飽了，想出去走走。」

父親抬起頭看了我一眼，眼神盡是惋惜，似乎很希望我再多坐一會，但看到我臉上的表情，他仍舊緩緩點了點頭。

我從未想過，我的小小離席竟能讓他如此失落。

我看著父親蒼老的臉，竟一時無法邁開腳步，不自覺地開口對父親說：「爸！生日快樂。」

聽到這句話，父親抬起頭，表情緩和許多，對我笑了笑。

這個時候，我才有力氣離開。

我以為在心裡裝了一個最堅硬的地方，來放置這些不想被拆穿的不堪。最後卻發現，不管再堅硬的地方，仍有柔軟的一處，用來融化這些生命經歷過的苦痛。

或許，成長，就是要離開某個階段的自己。

走到大門外的石椅坐著放空，剛坐下沒多久，康尚昱就坐到了我的身邊，遞了杯熱茶給我，語氣有點不滿，「妳剛只吃了一口紅蟳米糕，喝了一口石斑魚湯，妳真的不怕自己餓死嗎？」

我笑了，沒想到他坐在第三桌還能監視我。我接過熱茶，「沒什麼胃口。」

他嘆了口氣，想把身上的外套脫下來給我，我馬上拒絕，「不用啦，你穿著，我沒有那麼冷。」他看了我一會兒，才又把衣服穿上，然後伸出手摟住我的肩頭，陪我看著沒有星星的夜空。

「好像在看關掉的螢幕。」他突然很沒情調地說。

我忍不住笑出聲音來。

「不如等等我們去看個電影好了，聽胖子說，以前我們常去的南台戲院現在重新裝潢過，變得很不錯！」他興奮地提議著。

「先說我不看恐佈片，你一直叫最吵了。」我說。

他尷尬地笑了笑，把頭靠在我的肩膀上開始蠕動。以前我以為他是脖子痛，後來他才跟我說他這是在撒嬌，還真是讓人感受不到啊！

我伸出手摸著他的臉，享受這短短的幸福時刻。但安逸的感覺沒有持續太久，童心安的聲音在我們身後響起，「依依，妳媽在找妳。」

我回過頭看了童心安一眼，再看了一眼康尚昱，他微笑地對我點點頭說：「去吧！」

我心裡有點猶豫，再次回過頭，看到童心安還站在原地，好像也沒打算離開的樣子，心裡湧起一陣不安感。我怎麼能把他們兩個人留在這裡，不就是送羊入虎口嗎？我的康尚昱就是小綿羊。

康尚昱似乎察覺我的遲疑，便握著我的手，給了我一個堅定的眼神，要我安心，我只好點點頭起身。

起身準備離開，腳步都還沒有踏出去，我又不放心地側過臉，對著康尚昱小聲地說：「五百公尺，忘記你就死定了！」

他好大聲地笑了，對著我說：「知道了，我在這裡等妳，忙完快過來。」

我笑著對他說了聲好，深呼吸一口氣後，往屋內的方向走去，眼神沒有放在童心安身上，就這麼和她擦肩而過。

如果我們的命運也能這樣簡單地擦肩而過，那該有多好？

每次這樣的妄想，總是不斷提醒著我，自己有多麼異想天開和不切實際，對於那些永遠不可能會發生的事，存在任何一種幻想都不是誰的錯，是自己的錯。

當我結束媽媽給我的任務，再回到門外石椅的時候，就沒有看到康尚昱了。以為他為了遵守我規定的五百公尺距離，所以先回家了，於是我開始撥他的手機，連續好幾通都沒有人接，等了一會兒，他也一直都沒有回撥。

那個說要一起去看電影的人就這樣不見了、消失了。

拿著手機坐在床上，看手機毫無動靜，我失控地一下趴在床上嘆氣、一下在床上翻來翻去、一下抱著枕頭發呆，自己一個人像發瘋一樣一直等到凌晨一點多。

我等到口乾舌燥，走下樓到廚房喝水時，卻看到媽媽還坐在客廳。我疑惑地看著她，媽媽告訴我，童心安不知道去了哪裡，到現在還沒有回家。

那一瞬間，我全身泛過寒意，有一種不好的直覺衝上我的腦門，讓我直打哆嗦。女人總是有種天生的敏銳度，我開始不安，我急著拒絕想像，連水也沒有喝就逃回房間。

這個晚上我沒有睡著，坐在房門口，手機始終握在手上，冰涼的地板再怎麼冷也沒有我的心冷。整個晚上，康尚昱沒有回我電話，而童心安的房間也沒有任何一點聲響。

我努力想著那天他抱著我，要我不要害怕的那一幕。我努力想著在高鐵上他給了我微笑，要我不要擔心的那一幕。我努力想著剛剛，他給我了堅定眼神的那一幕。

我只能告訴自己，童依依，妳要努力相信他才行。

我說，愛情憑什麼讓我們隨波逐流，無法掙扎？你說，因為我們願意用一道花火的時間，去享受站在浪上快樂和幸福。

第七章

我們總是甘願為愛冒險。

就像我現在冒著爆肝的危險，等待康尚昱來電，直到早上六點多我都沒有閉上眼過。他從來沒有這麼長時間不接我電話，也不回我電話，這不是他的風格。

陽光微弱地從窗口灑進我房間，但離我仍有一段距離，我感受不到陽光的暖意，雙手冰冷，坐在地板上一整夜，腳好像失去了知覺。我費了好大的勁才站起來，卻差一點跌倒。

這才發現，原來我的腳已經麻到失去知覺。

等到血液正常循環，已經是十分鐘過後了。我精神不濟地走下樓，站在樓梯上，看著媽媽又開始在為早餐忙碌。而童心菱居然也這麼一大早就起床了，她走進廚房，開口對我媽說：「喂！妳昨天很晚才幫我洗衣服嗎？也沒有烘乾，衣服都還是濕的，明明昨天跟妳說過我老公很早就要去上班，我們要趕著回家，妳到底有沒有在聽？」

媽媽居然還能微笑地回應，「我真的忘記了，沒關係，我現在趕緊幫妳處理。」

童心菱繼續撒潑，對著我媽大小聲，「不要了，那些衣服我都不要穿了，誰還要妳現在去弄啊！」

我已經準備下去賞她一巴掌時，大媽踩著有點不穩的腳步，從廚房旁的小房間緩緩走出來。媽媽見狀，趕緊上前去扶住大媽。

大媽看著童心菱，表情非常嚴肅，聲調恢復成我以往認識的大媽說話的方式，平淡卻非常有威嚴地說：「妳是嫁出去的女兒，是別人家的媳婦，還回娘家撒野嗎？如果妳打算再繼續當妳的大小姐，就別給我回來！」

童心菱被教訓得臉上一陣青一陣白。

這麼精彩的時刻我怎麼可以錯過？我馬上下樓，帶著一點嘲笑的眼神看了看童心菱。被我看到這麼狼狽的一面，她自然氣得快要抓狂，我看到她扭曲的臉，心情更好地揚起嘴角。

然後，我對大媽說：「大媽，早安。」

大媽的臉色隨即變得溫和，微笑著回應著我，「早啊！怎麼那麼早起？不多睡一點？」

可能是對待兩人的落差太大，童心菱看著大媽對我的態度，氣得跺了跺腳，扭頭就走。我在心裡放鞭炮，都三十幾歲的人還好意思跺腳，就知道她有多不明事理，真以為自己還是十年前的大小姐嗎？

我也微笑著說：「醒了，就睡不著了。」

「那妳跟大媽進來一下。」大媽對我說。

我疑惑地轉頭看媽媽，她的表情也是完全不知情的樣子。我還在猶豫的時候，大媽又滿臉笑意地看我，「大媽沒有打過妳，妳應該不會怕我吧！」

心思被看穿，我臉紅地走到大媽旁邊扶著她，和她一起進房間。

自從我和媽媽到這裡，大媽和父親就不同房，父親的房間在右手邊，還有個小客廳，我都是站在那裡被他訓話。大媽的房間在左手邊，媽媽的房間則是在廚房後方的一個小客房。這個家我哪裡都去過，就連童心菱和童心安的房間，我也因為幫媽媽打掃而進去過。

但我從來沒有進過大媽的房間。

她的房間都是木製的傢俱，看起來有一點年代，舊舊老老的，木頭的味道香香的。她指著一張古董級的木椅，「妳坐。」

我坐在木椅上，看著她從舊式梳妝台的抽屜裡拿出一個盒子，再從盒子裡頭拿出一只玉鐲子。接著她緩步移動到我面前，還因為腳步不穩絆了一下。

我趕緊上前扶住她，她拍了拍我的手說：「沒事，沒事！老了就是這樣。」

我扶她坐下，她拍拍旁邊的位置，也叫我坐下。我坐在大媽的旁邊，聞著屬於她的味道，和媽媽不一樣，媽媽身上總是傳來洗衣精淡淡的香味，而大媽的味道則混合了厚厚的梳髮油和乳液，很香，很特別。

大媽拉著我的手，把她手上的玉鐲子套進我的手腕。我嚇了一跳，本能地想要縮手，大媽隨即開口，「別亂動，這玉鐲子可是從妳曾曾祖父那裡留下來的，再多錢都買不到的。」

我馬上僵住。

玉鐲子冰冰涼涼的，碰到我的皮膚，提醒著我此時此刻的真實感。

戴好之後，大媽微笑地看我，「我就說這玉鐲子配妳清冷的氣質剛好。」

我不懂為什麼要給我這個。

大媽也察覺我的疑惑，便繼續說：「我從妳爸手上拿到一些妳們曾曾曾祖父留下的東西，他說這些東西要不停傳下去給童家的子孫。我給了心菱玉戒指，給了心安玉耳環，這個手鐲早就要給妳，但是之前妳一直沒有回來。」

聽到這裡，我莫名地有了罪惡感。

大媽搖晃地站起身，我嚇了一跳，但她隨即又穩住，扶著桌邊走向窗前，感嘆地說：「我和妳爸是聽父母安排結婚的，我們沒有什麼感情基礎，就當了夫妻，後來妳爸向我坦承愛上了妳媽，而且還有了妳，問我能不能帶妳們回來生活。我答應了，因為我知道，我不答應，可能就會失去我的婚姻。」

我從沒有想到大媽會對我如此誠實。聽著她說的每一句話，這一刻，我才走進她的世界，沒想到會是那麼悲傷。

「當我看到妳們的時候，我其實很害怕，會不會有一天，在這個家裡，妳們取代了我們。不過還好，妳媽一直這麼尊重我，當我生病時，不是我的女兒在身邊，而是她不眠不休照顧我，我很感激啊！」大媽回過頭看著我，對我虛弱地微笑。

接著又繼續說：「還有啊，我第一眼看到妳，就沒有辦法不喜歡妳，妳雖然看起來很害怕，但那個眼神啊！真不是蓋的，大媽可是被妳堅強的眼神給迷惑了。」

我不知道該怎麼回應，只能笑著。

「妳一直是個很乖的孩子，在心菱和心安那裡吃了很多苦頭，大媽都是知道的。可是大媽不能為妳做些什麼，妳很無辜，但我的孩子也無辜，我得要成為她們能依靠的媽媽。」大媽無奈地搖了搖頭，「這都是命啊！來到這個世界上，我們都有應該要吃的苦頭。」

雖然無奈，我仍然認同地點了點頭。

大媽又搖晃地走到我旁邊坐著，注視著我的臉，真摯地對我說：「依依啊！不管過去吃了多少苦，妳一定要記得自己是童家的子孫，妳姓童，這裡是妳的家，妳以後要常回來啊！我和妳媽，還有妳爸三個人，在這大房子裡其實很孤單的。」

當大媽對著我說：「這裡是妳的家。」的時候，我沒讓大媽發現，偷偷拭去眼角的淚水。

以前覺得姓童不好，因為我沒有歸屬感，我什麼都沒有，家只是一個名詞、一個殼。但今天，大媽讓我知道，我真真切切地是童家的人，而我的根就在這裡。

但我想，我得要花好久的時間，來說服自己這一切都是真的。

「好。」我努力平靜微笑。

大媽安慰地笑了笑，「好了，我又累了，妳扶大媽躺下好嗎？」

我點了點頭，小心地扶她到床上，調整好枕頭的高度，緩緩地讓大媽躺下，幫她蓋上被子。接著我到窗邊把窗戶關小，再到桌子前，倒了一杯水放在她的床頭。

她躺在床上笑著對我說：「我自己女兒都沒有對我這麼好，出去休息吧！我想睡一下。」

我點了點頭，心裡頭好像有什麼東西被釋放了一樣，腳步輕鬆地從大媽的房間走了出去。

媽媽坐在客廳，看到我出來，一臉緊張地走到我面前，抓著我問：「妳大媽呢？」

「睡了。」我不懂媽媽在緊張什麼。

媽媽接著又馬上開口，「妳沒有惹妳大媽生氣吧！她現在的身體狀況可是禁不起刺激的……」

我怕媽媽再說下去我會吐血，馬上打斷她說話，「媽！妳女兒有這麼壞嗎？我會這麼大逆不道嗎？我會這麼不懂分寸嗎？要不是童心安或是童心菱來惹我，我有主動出手過嗎？」

這麼不相信自己的女兒？

媽媽一臉不好意思地說：「媽不是這個意思啦！好啦好啦，走，我們快去吃早餐。」

媽媽很成功地轉移焦點，把我帶到廚房的餐桌前，用一碗鹹粥堵住我想要再繼續吐槽她的嘴，接著問我，「妳幾點要回台北？」

說到這個，我又想起了康尚昱至今仍下落不明，「不知道。」我回答。

媽媽坐在我面前，問我剛剛和大媽聊了什麼，我並不想隱瞞，一五一十地說給她聽。她拉著我的手，一直摸著我手上的玉鐲子，眼淚流了滿臉。我受不了地問她，「媽，妳要不要讓我吃早餐？」

她尷尬地笑了笑，趕緊擦掉眼淚，放掉我的手，對我說：「妳快吃。」

我才舀起第一口，媽媽又開口說：「昨天心安一整個晚上沒有回來，也不知道跑去哪裡了，妳等等要不要試著跟她聯絡看看？」

「不要。」我說，低著頭繼續吃著我的早餐，就連媽媽離開位置我都沒有發現，更沒有發現自己的心情在不知不覺間越來越混亂。

吃完早餐後，我回到二樓房間，再次拿起手機檢視，康尚昱依然沒有來過電話，我再試著撥給他，也仍舊沒有人接。我再也沉不住氣，放下手機，打算直接去隔壁找康尚昱，這種死不接電話的罪，如果他只是在睡覺，我打個兩拳就好，如果他不在家，我就……

我快步下樓，經過客廳，然後走到院子。還沒想好要怎麼懲罰他，就看見童心安勾著康尚昱的手，而原本應該披在我身上的康尚昱的外套正披在童心安肩上。他們兩個人雙雙對對的模樣在我眼前出現，大概沒想到會遇到我，他們看見我時也嚇了一跳。

我冷冷地看著這一幕，不敢相信自己的眼睛。

三個人站在原地僵持了好一陣子，童心安看著我，康尚昱也看著我，我望著他們兩個，無法理解康尚昱身旁的位置什麼時候換了人了。

最後，童心安什麼也沒有說地從我身旁經過，進屋子裡。我站在原地，努力克制著從四面八方湧過來的氣憤。兩個同時消失的人又同時出現，我實在沒有辦法說服我自己這只是巧合。

康尚昱想開口跟我說些什麼，我推開了他，走出我家大門。我現在一點都不想看到他，他卻跟上來抓住我的手。

「放開。」我語調冰冷。

可是他怎麼都不肯放手。我開始用力掙扎，結果他竟拉著我走回他家，還要帶我上去二樓到他房間。我使出全力甩開他的箝制，轉身要往外走，他又從後頭拉住我，然後直接把我拉進客廳旁的書房，把門關上後才終於放手。

我看著他，不知道為什麼覺得好想哭。

他一臉焦急又煩躁地對我說：「依依，事情不是妳想的那樣子。」

「不然我應該要想成什麼樣子？」我生氣地說。

他愣住。

我又直接開口，「你知道我打了一個晚上的電話嗎？」

他臉上寫滿了歉意，「我忘了帶手機。」

「你知道我坐在外面的石椅等到晚上十二點嗎？」

他愧疚地拉著我的手道歉，「依依，對不起，我真的是……」

我生氣地甩開他的手，不明白他為什麼三番兩次為了童心安而破壞對我的保證，童心安對他來說真的有這麼重要嗎？一而再再而三忘記和我的約定，說好的五百公尺去了哪裡？說好的保持距離去了哪裡？

說好的那一切，只因為童心安，全都不見了。

「你們整個晚上都在一起嗎？」我不知道自己怎麼有勇氣問出這句話，我有多麼害怕答案是「對」。

康尚昱表情十分掙扎地看著我，停頓了好像一世紀這麼久，他才微微點了點頭。

「那就沒有什麼好說的了。」他的回答，像一棒打下毀壞了我的世界，我難過地轉身打算離開。

他馬上擋在門口，「依依，妳總要給我一個解釋的機會，心安發生了一點事，所以我才……」

從他的口中聽到心安兩個字更讓我生氣，我終究失控了，開始對著他吼，「我一點都不想知道童心安發生什麼事，我只想知道你到底怎麼了？什麼時候開始變得說話不算話？叫我不要害怕，要我不要擔心，結果你和她一整個晚上沒有回來，你有想過我的心情嗎？你有嗎？」

他看著我，不知道該怎麼回應。

「我對你很失望你知道嗎？」

康尚昱好像被我的話刺激到，也大聲地對我說：「妳可以冷靜一點嗎？我當然明白妳的感受，可是心安有事請我幫忙，我怎麼可能丟著她不管？」

「好啊！她這麼重要，那你不要考慮去跟她在一起？」我氣到完全不知道自己在說什麼。

他生氣地吼了我的名字，「童依依！」

我看著他，覺得這一切太累了，原本以為有了他的保證，我擔心的那一切就不會發生，但老天還是跟我開了一個玩笑。繞了一圈，我的害怕還是成真，我們依然又為了童心安的事，再一次火爆對抗。

就連他親口給我的保證也失了效用。

「你知道嗎？要解決這場戰爭只有一個方法，就是要有一個人離開。如果心安再怎麼樣都放不下你，那不如我離開，這樣可以嗎？」說出這句話的時候，我整個人都在顫抖。

一聽到我這麼說，他整個臉色大變，開始生氣起來，「我跟心安根本就沒有什麼，妳為什麼總是要往壞的方向想？妳就這麼不相信我？」

「對！」我負氣地說。

從一開始說好不和心安聯絡，卻還是一直保持聯絡，說好會跟心安保持距離，卻兩個人徹夜未歸，到底還要我相信什麼？

「好，那隨便妳，妳想分手就分手，妳想怎樣就怎樣。」他也生氣地對我說著，接著走到一旁轉過身不看我。

當我聽到這句回應的時候，萬念俱灰。

我難過地邁開腳步繞過他，準備伸手開門的時候，門外傳來康伯伯和康媽媽回家的聲音。

門外的康媽媽對著康伯伯抱怨，「依依也真是的，在台北都跟阿昰在一起了，連回來台南也讓兒子整夜不歸，這像話嗎？」

「妳真的很無聊耶，連這個也在計較。」康伯伯反駁康媽媽。

康媽媽又繼續說：「你看昨天來的那些親戚，看都不看依依一眼，說到底還是二老婆的女兒，你說，我們兒子眼光是不是怪怪的，人家心安那麼喜歡他，怎麼就選了個依依。」

這是三十年來最讓我難堪的一刻。我從來不覺得二老婆的女兒就哪裡不如人，但這是第一次，我覺得自己輸給了童心安。

我轉過頭看向康尚昱，他正一臉擔心地看著我，要往我走過來的那一刻，我已經伸手打開門，從書房走了出去。在客廳的康伯伯和康媽媽嚇了一跳，一臉驚訝地看著我，尤其是康媽媽，完全沒有想到我會聽到這些話，嚇得臉色都白了。

我忍住眼淚，跟他們打了招呼，「康伯伯、康媽媽，我先走了。」

然後，我用最快的速度離開康家和康尚昱。

這一次，我們又分手了。

回到家後，我不敢哭，眼淚繼續憋在心裡，把自己的行李整理好之後，我下樓進廚房跟媽媽說再見，媽媽訝異地問我，「不是說晚上才要回去嗎？」

「公司突然有點事，要我回去處理。」我撒了謊。

「這樣啊！妳臉色有點差，沒事吧？」

我撒謊地點了點頭。

媽媽一臉可惜地說：「想說要再跟妳吃頓飯，結果這麼早就要回去了，下次什麼時候回來也不知道，妳爸跟三叔公去釣魚，也沒能跟他打個招呼。」邊說邊幫我扣上外套上的鈕釦。

眼淚幾乎快忍不住，我握著媽媽的手，安慰著她，「我會常回來的。」和媽媽道了再見，我又走進大媽的房間，她還在睡。我靜靜站在一旁，想起早上短暫卻又溫暖的對話，我又看了她好一會兒之後才離開，自己一個人回台北。

坐上高鐵的那一刻，想起剛剛發生的一切，我旋開座位前的餐桌，趴在上頭開始大哭起來。自由座的位置，一直到台北我身旁都沒有人敢坐，我一路從台南哭回台北。

回到家的時候，我很慶幸沒有人在家，我躲進房間，躺在床上，眼淚又不停地流著，完全沒有辦法控制，哭久了，又不知不覺睡著了。

再次睜開眼，外面天已經好黑了，在昏暗的房間內，從丟在床邊的包包裡拿出手機，時間顯示是晚上十一點三十七分，卻沒有收到任何通知，沒有電話、沒有簡訊，畫面乾淨得讓我難過了一下。

我無力地起身，眼睛哭得好痛，喉嚨好乾。我打開房門時，客廳裡的大家看見我全都嚇了一跳。

先是從廚房拿了幾瓶啤酒要走進客廳的孫大勇，他看到我站在房門口，狠狠嚇了一跳，對著我直嚷嚷，「妳是想要嚇死誰啊！」

然後回過頭的樂晴和明怡也驚訝地看著我說：「妳怎麼在家？回來怎麼都沒有說一聲？」

阿咕咕從立湘的腿上跳了下來，跑到我腳邊猛搖著尾巴，我把牠抱起來，想到康尚昱，又是一陣心酸。

立湘倒了杯水遞到我手上，把阿咕咕接了過去，看著我的臉說：「妳生病了嗎？還好嗎？」

我喝了水，點點頭。

但我想，大家都知道我不好，只是不曉得該怎麼問我而已。

我給了他們一個微笑後，回到房間，原本我以為我會繼續哭，但是沒有，而是又昏昏沉沉地睡了過去，一覺到早上。

我坐在梳妝台前，看著自己憔悴的臉，不知道該說什麼才好。嘆了口氣，好好地化了妝，讓自己看起來不要太過悲慘，我給自己一點力量，試著給自己一點微笑，卻出意乎意料的醜，我只好無奈地拿了包包準備上班。

我一出房門，樂晴和立湘正坐在客廳看電視，看到我出來，兩個人馬上起身往廚房走去，一個忙著做早餐，一個忙著泡咖啡，樂晴邊打蛋殼邊朝著在客廳的我喊，「依依，妳等一下，我幫妳做個早餐，馬上好。」

立湘在一旁也說著，「我咖啡也快泡好了，妳帶去公司喝。」

扯出一點微笑，我對著她們點了點頭，好奇地問著樂晴，「妳今天怎麼沒有去店裡？」

「其實有工讀生在，我本來就不用每天一定要到。」樂晴笑著對我說。

我笑了笑，我怎麼會不知道，她們其實是在擔心我。

接過樂晴的早餐和立湘的咖啡，我跟她們說了聲謝謝，樂晴的表情希望我不只說謝謝，而是更多，但現在我什麼都不想講，因為我還沒有準備好面對那道傷口。

「對不起，我沒有時間去幫妳買雙全紅茶。」我假裝沒事般地和樂晴閒聊。

「對不起個頭，下次我們一起去台南玩再喝，快去上班吧！明怡也是一大早就出去了，說有美國的ＶＩＰ客人來，今天得要忙一整天了，」她拍了拍我的肩，給了我一個很開朗的笑容。

在我出門前，她還不忘叮嚀我，「有什麼事，隨時打給我。」

到了公司，我才剛坐下，林裕芬就馬上走到我面前，開始對我大抱怨，「妳為什麼休了那麼多天，妳知道總經理有多難搞嗎？妳知道我這幾天是如何水深火熱嗎？」

我輕輕對她說了聲，「不好意思，辛苦妳了。」

她被我的語氣嚇到，沒想到我會這麼溫柔對她說話，她愣了一下，靜靜看著我，接著緩緩後退到自己的位置上坐好開始工作，不敢看我一眼。

我無奈地笑了笑，也動手開始工作。

手機在包包裡響起的那一刻，我的心漏跳了一拍，從昨天早上發生爭執到現在，康尚昱沒有打過半通電話給我，當我在高鐵上決定自己三天內都不接他電話的時候，他根本沒有打來半通，覺得自己真的把自己變成了一個笑話。

我深吸了一口氣後，從包包裡摸出手機，才發現螢幕上顯示的來電不是康尚昱，而是孫大勇，一股巨大的失落籠罩在我身上。

「怎麼了？」我還是只能接起來。

「阿昱在幹麼？怎麼都不接我電話？」孫大勇在那頭急切地問。

我嘆了口氣，「我怎麼會知道。」

他用著不可思議的聲音，在電話那頭瘋狂地開始聒噪，「妳怎麼可能不知道，妳是誰？妳是童依依耶，康尚昱頭髮有幾根妳都知道……」

太高分貝在我耳邊吼著，導致我手一滑不小心掛掉了電話。

對於現在的康尚昱，其實我一點都不知道也不了解，我只能努力把自己再拉回工作上，沒有林裕芬的打擾，工作不需要中斷，太過投入的下場是連下班時間到了都沒發現。

「已經六點半了，妳不回家嗎？」林裕芬背著包包站在我面前說。

這時候，我才知道我該回家了。隨便收拾東西後，手機傳來簡訊，樂晴說她和孫大勇去參加大學同學的婚禮，沒有做晚餐，要我吃過再回家。

但我什麼事都沒勁去做，直接回家，然後繼續躺在床上，和阿咕咕一起，什麼都不想做，什麼都不想去想地躺著。

客廳的電話突然響了，我走出房間接起來。

「依依，妳現在有空嗎？」明怡在電話那頭問。

「嗯。」

「我房間的書桌上有一個公司的牛皮紙袋，是VIP客人的一些資料，妳可以幫我送過來嗎？」明怡的聲音聽起來有點急迫。

可是那裡也是康尚昱工作的地方，我忍不住在電話這頭沉默，說實話，我現在很想看到他，但也很不想看到他，這是一種都會發生在戀愛中女人身上無聊的自我拉扯，只要妳真的愛上一個人，就無法避免的現象。

「可以嗎？我真的走不開。」明怡懇求著。

最終，我無法拒絕明怡的請求。

電話掛掉之後，我原本想請立湘幫忙，但只要天一黑，立湘是絕對不可能出門的，所以我們四個人如果要一起外出吃飯，只能約午餐。曾經問過立湘為什麼晚上不出門，她沒有回答。

我們也不想勉強。

所以現在我也不想勉強立湘，只好穿著運動服就出門了。也就只是拿個東西給明怡，五分鐘的時間，不會有那麼多巧合。

我拿著資料，坐著計程車到了飯店，走進大廳，跟沒有碰過面的櫃台小姐說明來意，她打了分機請明怡下來。

其實不用五分鐘，明怡已經拿完資料回去繼續努力工作。我要離開時，康尚昱正和一對夫妻從門口走了進來，那對夫妻看起來像是公司的客戶，他看起來很好，帶著微笑和他們邊走邊對話。

抬頭的時候，他看到了我，卻在下一秒鐘別開了視線。我和他錯身而過，從沒有想過我們會像今天這樣，像從來不認識的人一樣。我站在原地，始終無法撫平情緒。

那天，我不知道自己是怎麼回到家的，更不知道自己是怎麼度過這幾天，每天早上出門工作，每天晚上關在房間裡自己和自己獨處，拒絕任何人進入我的空間，包括和我住在一起十幾年像家人的她們。

「童依依出來吃飯！」樂晴在外面敲著門說。

「我不餓。」我在裡面躺在床上回答。

「妳最好每個晚上都不餓，妳今天再不出來吃飯，我就端進去把東西塞進妳的嘴巴。」樂晴發火地說。

「我真的不餓，妳們吃就好了。」我說。

樂晴的腳步聲在房門外離開，過了一會，我聽到門口有鑰匙的聲音，不到五秒，我的房門被打開，樂晴生氣地看著我，「我不知道妳到底是怎麼了，因為妳一直不想說，但我拜託妳，可以維持人類基本的生存狀況嗎？妳要不要看看妳自己最近瘦了多少？」

樂晴強行闖進我的世界，領域被冒犯，我著急地想要捍衛。我從床上起身，語氣很差地頂回去，「我說了我不餓，妳就別管我了。」

「要我不管妳也行，但妳自己要做好啊！看看妳把自己搞成什麼樣了？走！跟我去吃飯。」樂晴伸手想要拉我，我卻揮開了她的手。

她依然不肯放棄，繼續說：「學長最近也沒有來，你們吵架了嗎？有這麼嚴重嗎？你們那麼常吵，還不是很快就和好了，這次幹麼把自己搞成這樣？更何況有話說清楚就好了，學長又不是不講理的人，他個性那麼好，脾氣也沒有話說……」

「我知道妳暗戀過他，妳不用一直幫他講話！」話一說完，我就後悔了。

看著樂晴受傷的表情，我好想狠狠呼自己幾巴掌。我想跟她道歉，她已經轉頭離開了，我懊惱得想哭，從沒有這麼氣自己，這一刻，我幾乎快要不能呼吸。

孫大勇在一旁看著我們，沒有說話。

我抱起床上的阿咕咕，快速逃離家裡。我什麼都沒有帶，哪裡也去不了，只能四處亂走，回想這一陣子自己犯的種種錯誤，我又忍不住流了眼淚，坐在一個不知名的公園裡，抱著阿咕咕，風吹得我直發抖，卻比不上心裡的痛苦。

這才發現原來連自己都不了解自己，是一種更巨大的孤獨。

而這一坐，竟又是一整夜。

一直到天開始變亮，我才回過神，叫醒在腿上熟睡的阿咕咕，和牠一起回家。一路上，我想著該怎麼向樂晴道歉，如果可以，要我下跪也沒有關係。

回家的路上，經過樂晴的早餐店，工讀生正在裡頭忙著，沒有看到樂晴。

站在家門口，發現自己連鑰匙都沒有帶，我也沒有按門鈴的勇氣，就這樣呆站在門口，不知道過了多久，懷裡的阿咕咕可能餓了，發現我一直不進去，開始大聲叫著。

我慌張地想要叫牠住嘴時，門被打開了，是立湘來開門的，她看到我，什麼話也沒有說，就狠狠地抱著我，長達十秒才放開。接過我懷裡的阿咕咕後，她對我說：「快點進來，大家都很擔心妳。」

我深吸一口氣，脫了鞋進到屋子裡，樂晴、明怡、孫大勇，還有康尚昱都在，好像一整個晚上都沒睡，大家的臉色都不太好看。康尚昱雙手環胸，坐在沙發上，表情非常嚴肅，第一次發覺自己在他面前也有如此不知所措的時刻。

明怡一看到我，擔心地走到我面前問：「妳去哪了？一整個晚上沒有回來，手機沒帶、皮包沒帶、鑰匙也沒有帶，我們都快急死了。」

我搖了搖頭，沒有說什麼。

康尚昱從沙發上站起來，什麼也沒有問，什麼也沒有說，看也不看我一眼就走了。

我的心又狠狠地被敲了一下，痛得我說不出話來。

他離開後，樂晴也從沙發起身準備回房間，我趕緊叫住她，然後大聲地跟她說了句，「對不起！」

樂晴轉過頭來看我，過了很久才說：「早餐在桌上。」接著就回房間。

孫大勇則是馬上躺在沙發上，三秒鐘就入睡了，明怡拍了拍我的肩膀，「妳快去吃早餐，吃完好好休息一下，如果可以的話，今天就請個假別去上班了。」

我點了點頭，也跟明怡道歉，害她們一夜都沒有睡。她對我笑笑，伸手抱著我說：「我們都很愛妳，妳只要記住這點就好了。」

我真的一直都記著，只是不知道為什麼最近忘記了。人總是因為忙著悲傷，沒有時間去記得自己其實擁有了很多。

回到房間，好好洗了個澡，看時鐘指著七點十五分，要再去睡的話，可能會一覺不起，我只好換好衣服，簡單化了妝，別再讓自己像行屍走肉一樣，我能為自己做的不多，唯一做得到的，也就只是好好吃好好睡好好過日子。

正準備早一點去上班，走出房門的時候樂晴也剛好從她房裡走了出來。她問我，「妳不睡一下再去上班嗎？」

我搖了搖頭，「睡了會起不來。」

她帶著微笑對我說：「我要去早餐店，一起走吧！」

「那他呢？」我指著沙發上像屍體的孫大勇，不用叫他起來上班嗎？

「管他的，我們走吧！」樂晴拉著我出門。

一路上，我和樂晴都沒有說話。

正當我想要開口解釋點什麼時，她也剛好開口，我們兩個人對著彼此笑了笑，想起昨天晚上對樂晴的不禮貌，我還是先開了口，「昨天晚上說完那句話的時候，當下我很希望妳呼我兩巴掌。」

「現在呼也來得及。」她伸出手時，我已經緊閉雙眼，等待掌風落下。

但樂晴只是輕輕捏了捏我的臉，「算了吧！要打我昨天早就打了，而且說真的啦，暗戀過學長又怎樣，都是念書時的事，我知道你們在一起的時候，我就馬上放棄啦！」

她一臉自然又非常有信心地繼續說著，「因為，我覺得這個世界上沒有哪對情侶比你們更相配了。」

我苦笑了一下，不知道該怎麼回答。

「昨天我們等妳到一點多妳還沒有回來，我們真的很緊張，所以我只好打電話給學長，他馬上就過來，出去找妳找了很久。」樂晴開始說著昨天的狀況。

但我不知道該怎麼回應。

樂晴嘆了口氣，「我不知道你們之間發生了什麼事，學長一句話也不講，但我想說的是，妳這幾天要死不活的是因為學長，他昨天會像隻無頭蒼蠅四處跑是因為妳，我知道相愛過程有很多問題，可是唯一能解決問題的關鍵，是你們都還相愛啊！」

我給了樂晴一個深深的微笑，感謝她的安慰。

她也笑著勾住我的手，邊走邊繼續說：「拜託，如果連你們這樣相處十幾年還分開的話，妳要我怎麼相信愛情？」

「我以為妳沒相信過。」想起她的愛情史，我忍不住吐糟她一下。

她大笑了兩聲，「全世界我只相信你們，所以快點和好吧！」

在所有爭吵的過程當中，只要彼此放不下，「和好」永遠是最簡單的，但和好之後，不代表問題可以被解決，即使過了這麼多年，我們依然因為童心安起了爭執，這是就是愛情裡的現實。

還有，那天康媽媽說的每一個字也成了我的惡夢，我無法不考慮她的想法，當她認為她的兒子應該配正房的女兒，我這個二老婆的女兒以後又該怎麼面對她？

我知道戀愛裡的問題很難被解決，但是一個問題還沒解決，又多了一個新的問題，我也會忍不住質疑，什麼才是對我和康尚昱最好的決定。

應該繼續在一起？還是真的就這樣徹底結束？

人生的難題，從來不只戀愛一種，人生的衝擊，也從來不只失戀一種，人生總是那麼精彩，苦痛也總是毫不遜色。

第八章

我又開始在日曆上畫X，從我和康尚昱吵架到現在已經畫上了二十一個X，那就表示我們二十一天都沒有任何聯絡，沒有任何交集，我從沒有胃口，到學會麻痺胃口，我從沒有表情，到用微笑來掩飾自己，慢慢找回之前分手過的感覺，我似乎適應得很好。

康尚昱似乎也是。

聽明怡說他上班的狀態很正常，依然是大家崇拜的上司，主管喜歡的下屬，凡事親力親為，最近又設計了新一波行銷活動，在飯店從早忙到晚，連六日都去上班，感覺沒有什麼不一樣。

本來應該要為他正常的生活覺得開心，隨即想到這陣子以來只有自己獨自在這段感情裡掙扎，心裡不停上演各種小劇場，又忍不住開始替自己悲傷，想想都忍不住嘲笑自己。

桌上的分機突然響了，我拉回想念康尚昱的思緒，趕緊接了起來。聲音從電話裡傳來，有一種很熟悉而且很近的感覺，「妳在忙嗎？」

我忍不住看了坐在我對面的林裕芬，也正拿著電話對我笑。

她怎麼會這麼閒？

我二話不說把電話掛掉，直接開口問距離我三公尺遠的她，「妳是不是午餐吃太飽了？」

她眉開眼笑地從桌子底下拿出一個提袋，走到我的桌前，對我說：「我是看妳最近不太對勁啊！怕妳給我臉色看，當然要先打個電話詢問一下。」

喔！老天爺有眼的話，應該知道這五年來都是她給我臉色看。

我懶得反駁她，無奈地笑了一下，希望上天聽到我內心的抗議。然後我發揮我的耐心對她說：「我現在不忙，怎麼了？」

她從提袋裡拿出好幾張卡片遞到我手上，「我想請妳幫我挑挑喜帖，每張我都好喜歡，已經想了好幾天都沒有結果，妳比較果斷，妳看看哪個最適合我？」

我笑了笑，開始幫她看起喜帖，十秒後，從其中挑了張白色鑲著淡金邊的放到她手上，「這張最適合妳，浪漫、簡單，有格調。」

她開心地跳了起來，「對，我這次婚禮風格就是想要走那個路線，謝啦！」

接著她又馬上一臉為難地看著我，我好像猜到她要講什麼，先開口說：「記得發喜帖給我，我一定會到，而且紅包會很大包。」

林裕芬好不容易嫁出去，得要給她一點鼓勵。

我好像猜對了，她臉色馬上變得明朗，「妳真的會來？」

雖然我們平時經常鬥嘴，看似沒有什麼交情，但整個祕書室也就只有我們兩個，誰請假誰就得頂上，再怎麼樣，五年的革命情感不敢說多深厚，至少也算是有點情誼，不去的話，反而說不過去。

我用力點了點頭，然後發自內心說：「真的很祝福妳，希望妳一定要幸福。」

她被我的真摯嚇到，不敢相信會從我口中聽見這些話，她吃驚地站在原地，一臉不敢置信的神情。

「嘴巴再不閉上，蚊子就跑進去了。」我說。

她馬上閉上嘴，拿著提袋，興奮地跳回位置上，哼了一下午的歌。

我的一句話能讓她這麼開心，我感覺好像做了一件好事一樣，心情愉悅地工作了一個下午，下班時間轉眼就到了。

林裕芬光速地下班，因為她今天還得再試一次婚紗，我則是慢慢整理，反正我沒有可等的人，也沒有人在等我。

我又在位置上花了十分鐘時間想康尚昱。

他好嗎？沒有我的日子，他好嗎？他心情好嗎？沒有見到我，他心情好嗎？他開心嗎？他快樂嗎？他工作順利嗎？他的一切，都和過去一樣嗎？

直到包包裡的手機傳出鈴聲，才把我拉回現實。拿出手機後，發現來電的人是早上才通過電話的媽媽。

我接了起來。

媽媽在電話那頭哭著，讓我心慌了一下，「媽！怎麼了？發生什麼事了？妳怎麼哭啦？」

感覺到媽媽在電話那頭很努力克制情緒，但終究還是抑止不住。她哭著說：「大媽過世了。」

我無法相信自己的耳朵。手上冰涼的玉鐲，時常讓我想起那天在大媽房間裡面她對我說的每一句話。

那時候她還好好的啊！

電視上演的那些都是真的，聽到這種難以消化的惡耗，我的手失去了力氣，全身也失去力氣，手機和我同時跌坐在地上，我好像跌進好深好深的黑洞，頭暈目眩，沒想到那一次，竟是我和大媽的最後一次接觸。

原以為改變是一種結果，最後才知道改變仍然是一個過程，而改變這一切的，仍是另外一場改變。

我全身顫抖地扶著桌子站起來，撿起手機就跑出公司門口，邊跑邊攔著計程車，好不容易在下班交通繁忙的時刻攔到一輛，我趕緊坐了上去，對司機說：「用最快的速度到台北車站。」

十分鐘後，我下計程車，趕上了八分鐘後行駛的南下高鐵班次，我坐在位置上強迫自己冷靜三分鐘，重新撥了手機給媽媽，她依然哭個不停，然後哽咽地說：「吃過午餐後，她在院子裡散了一下步，後來說累了要進去睡個覺，讓我晚餐再叫她起床，結果我去叫她的時候，都沒有反應了。」

是心肌梗塞。

在高鐵上的一個多小時，我把所有的眼淚流完，努力說服自己相信這個事實。但在回到家的那一刻，客廳裡設置的靈堂，大媽的照片高高掛著，我才發現，說服自己和真正面對是兩回事。

童心菱坐在客廳裡地上嚎啕大哭、情緒激動，童心安則是站在靈桌前默默拭淚，父親坐在一旁的椅子上，面無表情，媽媽則是邊流淚，邊處理著大大小小的事。我看著他們，一句安慰的話都不知道該從何說起。

我先給大媽上了香，在心裡對她說了好多話，說著那些來不及說出口的抱歉和感謝，希望大媽在的那個世界沒有傷心，只有快樂，沒有痛苦，只有幸福，謝謝她對我和媽媽的包容。

我會一直記得她給我的那個笑容。

「妳回來幹麼？我媽死了，妳應該很開心才對。」童心菱看著我上完香，開始挖苦我。

我真的不想在大媽面前跟她計較，於是忍了下來。

但她似乎很想幫自己悲傷的情緒找到一個出口釋放，見我沒有理她，她擋在我面前，推了我一把，「妳現在是不是在心裡偷笑？妳現在是不是在心裡大聲歡呼？妳現在是不是覺得我沒媽媽就好欺負？」

父親在一旁突然大聲斥責，「給我閉嘴！」

童心菱像是受到極大的委屈一樣，又開始大哭，童心安走到她旁邊，把她從我面前帶走。

我在只能在心裡向大媽道歉，讓她的女兒難過，我真的很對不起她。

父親的眼睛微紅，眼眶濕潤，歉疚地看了我一眼，忍不住嘆了口氣後，走回房間。我看著他的背影，突然很想上前擁抱他。

媽媽走到我旁邊，拉住我的手說：「妳不要跟心菱計較，她只是太難過了。」

我知道，我真的知道。

回到房間，我打了電話向總經理請假，再打了電話給林裕芬，告訴她有哪些事情得要幫我處理，她馬上說好，接著再打給樂晴，說明所有的狀況。

「妳還好嗎？」這是她聽完後對我說的第一句話。

「嗯。」但事實上，我比自己想像的更不好，大媽的臉總是不停在我的腦子出現，她以前對我的淡漠，她現在對我的關懷，一直重複循環。

電話裡開始沉默，我知道樂晴就像剛剛在靈堂前的我，想說點什麼安慰的話，卻又不知道怎麼開頭、怎麼說。

我先開口，她的心意我都明白，「沒事的，這幾天要麻煩妳們幫我照顧阿咕咕。」

「照顧牠有什麼難的，妳好好照顧自己比較重要。」她說。

我答應她我會好好照顧自己，然後結束了對話。但我沒有放下手機，我不停地滑著手機螢幕，好想打電話給康尚昱，好想聽他的聲音。

掙扎了好久，最後還是鼓起勇氣按下通話鍵，卻是通話中。我像做壞事被逮住的小孩，趕緊掛掉電話，放下手機。

為了脫離這種情緒，打算下樓幫媽媽的忙，沒想到一走出房間，對面童心安的房門並沒有關上，而是微微地開著，裡頭傳來她講電話的聲音，帶著哽咽地說：「阿昱，你告訴我，接下來我該怎麼辦？」

聽到這個名字，我愣了一下，在童心安還沒有講出下一句話的時候，我快速回到房間，我害怕再聽到更多。

當分手這件事越來越真實時，我才發現自己有多麼膽小和害怕。我躺在床上，拉起棉被，把自己關在那個窒息的黑暗裡。

接下來的幾天，我只要一起床就待在廚房幫媽媽的忙，幫她切切菜，幫她洗洗水果，最重要的是和她說說話。她的情緒已經平靜了不少，但只要提到大媽，又是一陣的無聲和哽咽。

我也盡量避開與童心菱和童心安在同一個空間相處的機會，我不希望看到童心菱再因為我情緒失控，我也不希望自己看到童心安而心情低落，最好的方式就是盡量不要碰頭，房子這麼大，總有我藏身的地方。

告別式的前一晚，我從房間窗戶看到了背著背包的康尚昱從家門前走過，他頭髮長了，瘦了一點，精神看起來不錯。

他轉頭望向我家時，我下意識地躲開了。蹲在地上，我竟不知不覺流下眼淚，我比自己想像的還要想念他。

告別式當天，很多親戚朋友都來了，有的流淚，有的痛哭，有的淡然，因為童心菱極力反對我和媽媽站在家屬的位置，所以我才得以看著這些面對生死的各種景象在靈堂前一一上演。

我以為我不會哭了，眼淚卻又出乎意料地不停落下。

我看著康尚昱上香，看著他跪下，看著他對家屬鞠躬，看著童心安在他面前流淚，看著他輕擁童心安，拍拍她的背安慰她時，我又下意識躲開，我知道她現在需要安慰，而能夠給她安慰的，的確只有康尚昱。

告別式結束，送走大媽後，在院子裡設了幾桌做為散宴，來參加的親戚好友陸續入坐，媽媽忙著招呼大家，我正想躲回房間時，迎面而來的是康伯伯和康媽媽。

我無法閃躲，只好開口打招呼，「康伯伯好，康媽媽好。」康伯伯的表情很自然，但康媽媽應該是為了之前的事覺得有點尷尬，不太敢看我。

康伯伯看到我，開心地說：「依依啊，剛才在忙都沒能好好講話，妳怎麼瘦了這麼多？這幾天應該很辛苦吧！」

我搖了搖頭，「不會。」

「心菱和心安就需要妳多擔待一點了，畢竟，失去母親對她們的打擊很大。」

「我知道。」我真的知道，童心菱越來越不可理喻的時候，每當怒氣到達頂點，只要一想起大媽，我內心的火就瞬間滅了。

「走吧，跟我們一起坐，尚昱在那裡呢！」康伯伯指著前面兩桌的地方，康尚昱正坐在位置上，看著我們的對話。

這是今天我們第一次望向彼此，我解讀不出他看著我時眼神裡那一些複雜的情緒是想說些什麼，我只能回過頭對康伯伯說：「不了，我還得去幫媽媽，康伯伯康媽媽，感謝你們來，辛苦了，謝謝！」

接著，我逃回了房間。

躺在床上，一閉上眼再醒來又是晚上了。我全身痠痛地下了床，走下樓，就看到童心菱把碗摔在地上，對我媽叫囂，「我不需要妳對我假惺惺，妳不用花時間幫我煮什麼，妳以為我想吃嗎？要不是看在我媽的面子上，妳煮的東西我會吃嗎？我媽會死都是妳害的，一定是妳故意不去叫醒她，一定是妳故意的。」

我媽聽到這些衝擊的話，表情十分傷心痛苦，我再看也不下去，走到童心菱面前，「童心菱，我知道大媽過世妳很難過，但講話要有分寸，妳對我怎樣我可以忍，但妳沒有資格對我媽說那些話。」

難道她真的看不到我媽有多麼用心在照顧大媽嗎？

她不能接受我的反駁，更大聲對我們吼著，「她只是我爸的小老婆，破壞我的家庭的壞女人，我為什麼沒有資格？不要以為我媽死了妳們就可以亂來，我告訴妳，不要肖想家裡的財產，我會讓妳一毛都拿不到。」

我看著童心菱的樣子，為大媽感到難過，她才剛剛離開啊！她的女兒已經想到財產的事了，不覺得很悲哀嗎？我童依依靠我自己也能過得很好，我不需要父親給我什麼，也從來沒有想過我可以從家裡拿到什麼。

她真的不是一個可以溝通的人，我在心裡跟大媽說了對不起後，便對童心菱說：「我能拿到什麼不是妳來決定，是憑我身體上的血決定。我鄭重警告妳，妳再對我媽這麼不客氣，我就照妳說的亂來，我就照妳說的肖想家裡的財產，我就照妳想的跟妳爭，讓妳什麼都拿不到！妳信不信，我說到做到！」

我實在不願意把話講得這麼難聽，但童心菱真的需要得到一點教訓，她比任何人都知道我會說到做到，所以當我講完，她氣得把客廳的電話拿起來摔個稀巴爛後奪門而出。

她跑出去時，童心安和康尚昱剛好走進客廳，他們如此親近的身影在我心上扎了一針，我痛得轉身，回到自己的房間，又坐在床上發呆。

只是不知道發呆為什麼會流淚就是了。

沒多久，我的房門打開了，我趕緊用手抹掉眼淚。媽媽走了進來，坐到我旁邊，拍了拍我的背，向我道歉，「女兒啊，媽真的很對不起妳。」

「幹麼突然講這個。」我看著媽媽的側臉，不明白她在對不起我什麼。

「老是讓妳看到那些畫面，還要讓妳來保護我。」媽媽低著頭，聲音充滿歉疚。

我嘆了口氣，「所以妳要保護自己啊！我知道妳覺得自己有錯，妳愛上爸爸，妳生下我，妳把我帶來這裡，這些妳都覺得是妳的錯，所以妳對一切的事都選擇忍，有些事可以忍，但如果妳連剛剛那樣子的狀況都忍下去，妳要我在台北怎麼安心工作？」

媽媽抬起頭看我，「我知道，媽會努力改。」

接著，我問了一個我一直很想問的問題，「媽，妳有沒有想過，如果我們沒有來這裡，我們現在會過什麼樣的生活？」

「我沒有想過，但可以確定的是，沒有妳爸的日子，我肯定不會快樂。」媽媽苦笑了一下。

這個時候，媽媽在我眼裡不是媽媽，而是一個為愛付出的女人，然後，我就再也沒有什麼好說的了，因為愛，我們連地獄都會心甘情願地去。

我握著她冰冷的手，努力給她一點溫暖，這是我唯一能做的。

「妳和尚昱怎麼了？」媽媽突然問。

沒想到她會問我這個問題，我在當下倒是楞住了。

「我看你們今天也都沒有講話，心安又常去找他，兩個人吵架了嗎？有什麼事情講開就好了，都在一起那麼久了，是說你們怎麼都沒有結婚的打算？妳也三十歲了，結婚後也可以繼續談戀愛啊。」媽媽每問一句，就好像往我的大腿捏了一下。

我脆弱地疼痛著。

「沒什麼啦！妳不要想太多。」我艱難地回答。

媽媽似乎還想再問點什麼的時候，我用洗澡的藉口逃開她的追問，一天又這麼過了。

隔天早上，我很早起床陪媽媽做早餐，因為今天就要回台北了，想多花點時間陪媽媽。媽媽熬了小米粥，還做了我喜歡的紅燒嫩豆腐。

這是第一次，我和父親還有媽媽三個人一起吃早餐。

父親開口問著，「心安呢？怎麼沒下來吃？」

媽媽回答，「不知道去哪裡了，一早就沒有看到人。」

該死的直覺又從心頭冒出，但我盡量不去想，單純地陪著父親和媽媽吃飯，三十年來，真的像是一家人一樣，三個人共享早餐。

「妳今天回台北嗎？」父親看著我問。

我點了點頭，沒有放過他眼裡一閃而過的寂寞，我忍不住開口，「我以後會常回來的。」

父親的表情這才緩和了些，對我點點頭。

飯後，我幫媽媽洗好碗，媽媽說中午要好好煮一頓讓我補一下，想去菜市場大採購，但她以菜市場很髒為由拒絕讓我一起去，只要我在家好好陪父親，沒想到二叔公來訪，父親都待在房裡和他下棋。

我無所事事，只好出門亂晃，來到了以前念書的小學，繞著圍牆走，聽見從教室傳來朗讀聲，想起了小時候，我忍不住微笑。接著走到學校後的大榕樹前，卻看到康尚昱和童心安站在樹下。

童心安背對著我，並沒有發現我的到來，康尚昱是面向我，我們的眼神隔著十公尺的距離接觸，時間在那一刻停止。他面無表情地看著我，我多希望他會走向前來，拉著我，喊著我，對我解釋。

但是並沒有，十秒後，他先別開了我們對望的眼神，把視線放回到童心安身上，那一瞬間，我第一次對這段感情絕望。

這一刻，分手兩個字如此真實，一切都結束了。

我轉身離開時，眼淚已經掉下來了。

回家之前，我在門口把眼淚流完，才敢踏進家裡。走進客廳，媽媽正在廚房炒菜，我看著她的背影，沒想到眼淚又無預警地流了出來。我忍不住走上前去，從後頭抱住了媽媽。

我再也不能克制地把頭埋在她背後哭了起來。

被我的眼淚嚇到的媽媽趕緊轉過身來，看著我哭花的臉，「發生什麼事了？怎麼哭成這樣？」

我什麼都沒有說，就抱著媽媽一直哭一直哭，媽媽很著急卻什麼也不能做，只能抱著我拍拍我的背，一直叫我不哭，一直叫我要乖，一直到燒焦的味道飄了出來，媽媽才趕緊放開我，把瓦斯爐上的火關了。

我在媽媽轉身的那一刻恢復精神，從餐桌上拿起衛生紙把眼淚擦乾。

媽媽再回過頭看我，見我鎮定不少，把我拉到餐椅上坐著，她也拉了一把椅子坐在我對面，一臉嚴肅地對著我說：「好好跟媽媽講清楚，妳這孩子很少在我面前哭，現在竟然哭成這樣，到底發生什麼事了？」

「沒事。」

「怎麼可能沒事？妳不跟媽媽說清楚，我怎麼會放心讓妳這樣回台北？是不是跟尚昱有關？」媽媽固執地注視我，一副我不說就不會放我走的氣勢。

最終，我嘆了口氣，對著媽媽說：「我們分手了。」

媽媽大概想都沒有想過我會說出這樣的答案，一臉的不敢置信，「你們怎麼可能會分手？」

我們總是對很多事情信誓旦旦，國中時期，欺負我的也有全校第一名的乖乖牌女同學，當我告訴康尚昱時，他也是說了這句「怎麼可能」。當我告訴康尚昱，我和心安會打架是因為心安也喜歡他時，他同樣說了這句「怎麼可能」。

「不可能」三個字裡，也有「可能」兩個字。

生活總是不會放任我們理所當然太久，那麼理所當然的，我們在一起的那些時光，那麼理所當然的，我和康尚昱的愛情。

我看著媽媽，無奈地表明，「就是分手了。」

媽媽當然知道我對康尚昱放了多少感情，和心安的架不是白打的，她擔憂地看著我，猛嘆氣猛搖頭。

「沒事的，真的，我跟妳保證，我會好好的。」眼淚止住了，心還繼續在痛，和過日子一樣，我得要往前走，不然我又能如何？

媽媽難過地抱著我，哽咽地說：「怎麼會這樣，我的女兒該怎麼辦啊！」

我也在媽媽的懷裡，想著接下來的自己該怎麼辦。不知道怎麼辦的時候，我也只能順其自然，至少我曾經擁有他這麼長的時間，告訴自己，我該滿足了。

幸好童心安還沒有回來，我也才有力氣假裝正常地和父親及媽媽吃頓午餐，飯後我回房間整理好東西，打算回台北，我提著包包下樓，媽媽站在樓梯口，表情裡有幾百種情緒，擔心、不捨，我看得最明白的就是：不要走。

我努力給媽媽一個微笑，並叮嚀她，「如果童心菱再那麼過分，妳絕對不要對她客氣，大媽會支持妳的。」

她對我點了點頭，「妳有什麼事，隨時打給媽媽，知道嗎？」

「好，妳不要擔心我，我還有樂晴她們會照顧我，沒事的，我去跟爸說一下。」其實，跟父親說再見才是我最大的難題，我好害怕看到他寂寞的眼神。

「他在房間看電視。」媽媽說。

我把包包放在客廳，打開了父親的房門，他並沒有在看電視，而是坐在椅子上，凝視著手上的照片發呆，發現我進來才回過神，但手上的照片還來不及收，我看到照片上的人是大媽。

父親看著我，我看著他，誰都不知道怎麼先開口。

最後，我還是先出聲了，「爸，我要回台北了。」

他表情有些許驚訝，「不吃完晚飯再回去嗎？」

我看著父親凹陷的臉，突然覺得自己不留下來吃晚餐好像是一件不對的事，但是現在我真的很想回台北，我得要一點時間調適我自己，好讓自己看到童心安時不會害怕，不會難過。

我很殘忍的拒絕了父親，「不了，明天還要上班，想早一點回去休息。」

父親惋惜地點了點頭。

我鼓起勇氣走到父親面前，握住他的手，「爸，你要注意身體，最近天氣很冷，聽媽說你都一大早就起床在院子運動，多睡一點吧！等太陽大一點再出去。」

父親點點頭，發現我手上的玉鐲子，抬起頭訝異地看著我，「妳大媽把這給妳啦！」

「嗯，你生日那次給我的。」

父親露出寬慰的表情，看著玉鐲子說：「當初我把傳家的東西拿給她的時候，我告訴她，要給誰都按照她的決定，就算她決定不分給妳，我也不會有任何意見，玉鐲子是只傳給大兒子的。」

我心頭一緊，想起了大媽為我戴上玉鐲的那個時候。

我緩緩坐到了父親旁邊的板凳上，從他手上拿了大媽的照片，大媽年輕的時候真的很漂亮又很有氣質，我忍不住問了父親，「大媽明明這麼漂亮，你為什麼不愛她？」

父親驚訝地看了我一眼，對於我問出的問題，他先是嚇了一跳，後來又笑出來，對我說：「妳大媽是教養很好的女人，念了很多書，我只有國中畢業，靠著妳爺爺留下來的祖產才有辦法娶到她，可是我們交不了心，久了距離越來越遠，一天也說不到三句話。」

我和康尚昱通常是聊到不知道該睡覺，再不然就是一個睡著了，但一個人繼續說，我們總是有很多話想跟對方說，即使是在一起那麼久的日子，我們仍然有聊不完的話題。

當你遇過一個什麼話都可以說，話怎麼都講不完的人，就能明白父親說的交不了心有多麼辛苦。只是，和我交心的那個人，現在卻離我好遠。

「後來我遇到了妳媽，妳媽是個很溫暖的人，我不自覺地愛上她，結果造成了所有人的痛苦，唉！」父親垂下肩膀難過地說。

父親第一次在我面前示弱和自責，雖然我曾經埋怨過他為什麼有了大媽還要跟我媽媽糾纏不清，毀了我媽的人生，但當年紀增長，知道愛並不是只有想像中的甜美，更會讓人失控失去理智，我對父親的埋怨就越來越少，只能把責任歸咎於命運。

「爸，我問你喔！到目前為止，你覺得做過最後悔的事是什麼？你會後悔和大媽結婚嗎？你會後悔愛上我媽嗎？」

父親抬起頭微笑地看著我說：「都不會，我只後悔沒能對妳大媽好一點。」

我點了點頭，父親卻反問我，「妳應該很後悔回到這個家，成為我的女兒吧？」

我被這個問題難倒，思考了很久，才緩緩開口，「下次我回來再告訴你答案。」

父親的表情有點失望，他應該很希望我對他說聲「不會」。

但這麼說又太違背自己良心，小時候看盡臉色長大的我，怎麼可能沒有怨過，但我又不能跟他說，小時候天天後悔，現在偶爾後悔吧！

「我知道妳因為身為我女兒受了很多委屈。」父親默默地說了這句。

我有一種被人了解的愉悅，回應父親，「都過去了，就不要再說了。」

父親則是嘆了口氣，點了點頭。

我抬起頭看父親，「爸，如果以一個朋友的立場，我想跟你說，好好對待劉姝芬小姐吧！錢姿容小姐的遺憾，就不要再讓它發生了，我知道你或許會自責，但我們終究得要面對，日子還是得過的。」希望大媽在天之靈不要怪我直呼她的名諱。

父親聽了我的話笑了出來，表情認真地點點頭，然後一臉滿足，「沒想到，有生之年我還能跟我的三女兒這樣說說話。」

我笑了笑，「說真的，我也沒有想到。」

接著他有點尷尬地清了清喉嚨說：「如果妳有時間，不要只打電話給妳媽，偶爾也是可以打給我。」

「沒想到在我有生之年還可以看到我爸爸臉紅的樣子。」也許是談話的氣氛太過輕鬆，我也能夠試著和父親開開玩笑，試著走進他的世界。

他馬上反駁我，「是天氣太冷，凍紅的。」

我淡淡地回應，「嗯。」

他聽見我敷衍的語氣，又再一次強調，但我也只能再一次淡淡地回答，急得父親血液循環加快，感覺有活力了許多。

接下來，父親開始跟我分享他和大媽的事，他和媽媽的事，當我打開門走進他的世界，我就再也出不來了。當你越了解一個人，就得背負上那個人的過去和喜怒哀樂，父親也跟我們一樣，都吃了很多苦。

我到今天才發現，這個家，雖然沒有誰特別快樂，但也沒有誰特別痛苦，在命運之前，我們都是一樣的。

過去的那些悲傷，似乎不再那麼沉重。

兩個小時後，我從父親房裡出來，媽媽坐在客廳滿臉擔憂，看到我出來，馬上過來我面前，「妳怎麼在裡面那麼久？妳爸最近身體不好，妳不會又惹他生氣了吧？」

我第一次在媽媽面前翻了白眼，「妳可不可以相信妳女兒真的是一個很乖巧溫柔貼心的女孩？」人真的不能打一次架，打過一次別人就會覺得妳是太妹了。

媽媽笑了出來，「沒事就好，和妳爸講了什麼？」

「祕密。」我說。

媽媽先是一愣，但隨即笑開，對於我和父親有共同的祕密顯然覺得非常開心，畢竟在這之前，我們只是一對形式上的父女，對話裡面沒有靈魂。

看媽媽心情這麼好，我也放心很多，提起了包包，跟媽媽道再見，「我先回去囉！到台北再給妳電話。」

她點了點頭，「好，路上小心。」

在我轉身要走出門時，童心安走了進來，一臉輕鬆自然地對我說：「要回台北啦？」

好像什麼事都沒有發生過，好像在跟我示威一樣。

我沒有理她，直接往外走，三個人的角力賽，最後還是我輸了。

關上大門的那一刻，左手邊康家的大門也有了開門的聲響。我轉過頭，看到康尚昱也剛好提著包包走出來。我們的眼神再一次交會，但這次是我先移開了視線，轉身往前走去。

康尚昱的腳步聲在我後頭規律地響著，五公尺的距離好近，但我們的心好遠，我想起多年前那一次，他從後頭牽起我的手，在我家門口吻了我，我不是不期待他再像那次一樣，然後我就會回到他身邊，回到從前。

但期待終究只是期待，空氣裡什麼都沒發生，只迴蕩著他規律的腳步聲。

我在小綠人快跑的時候，急促地過了馬路，他仍然在馬路的另一頭。我們隔著條馬路，望向彼此，越看卻越讓我喘不過氣來，我急忙收回視線，怕自己再繼續看下去眼淚會流出來。

我伸出手攔了計程車，上了車，我對司機說：「麻煩你，我要到台南高鐵站。」

但五秒後，我又再對司機說：「不好意思，麻煩到客運站。」

相視，到這裡就可以，我不想在高鐵站再遇到他，再怎麼看，都不能改變分手的結果，我再怎麼百般不願意，我仍得好好整理自己的心情。

於是，我花了四個小時又三十八分鐘回到台北，再花二十分鐘搭車回家，一打開門，阿咕咕衝來我旁邊，我開心地抱起牠。

樂晴、明怡還有立湘都在看電視，孫大勇則是拿著掌上型電動在打，四個人異口同聲地對我說：「回來啦！」

看到他們，我的心情好了很多，我抱著阿咕咕坐到明怡旁邊，她看著我問：「事情辦得都順利嗎？」

我點點頭，包包裡的手機響了，我趕緊找出來，是媽媽打來的。我趕緊接聽，「媽，怎麼了？」

「妳到台北了嗎？不是說好到台北會打電話回來嗎？都回去這麼久了，一通電話也沒有，不知道我會擔心嗎？」媽媽開始對我抱怨。

「我搭客運，所以剛到。」

「高鐵不是比較快嗎？幹麼搭客運？」

因為我不想遇到康尚昱，但我沒有這麼講，「就想搭客運啊！」

「到了就好，以後要早點打回來啦，妳爸一直問妳到了沒。」

聽到「妳爸」兩個字，我開口要了父親的手機號碼，三十年來第一次知道父親的手機號碼，可以想見我們這對形式上的父女是有多麼形式化。

媽媽很爽快地給了我，我把號碼儲存到通訊錄後，撥了電話給父親，「爸，我是依依，我到台北了。」

對於我打電話給他，父親好像受到不小的驚嚇，「喔，我知道啊！剛剛妳媽媽和妳講電話的時候，我在旁邊有聽到，妳幹麼又打給我？」

「你不是說我除了打給媽，有空也要和你聯絡嗎？不然下次不要打了。」自己下午才說的事，現在馬上就給忘了。

父親馬上著急地說：「不要啦！打電話給我很好啦！」

我笑了笑，和父親道再見後，結束通話。

連孫大勇都把電動按了暫停，四個人吃驚地看著我，我則是抱著阿咕咕，覺得他們很奇怪，「幹麼一直看我？」我說。

樂晴從另一個沙發跳了過來，拉著我，「妳和妳爸什麼時候感情變這麼好？」

孫大勇也在一旁附和，「還是妳有另一個爸爸？」

我馬上拿了個抱枕，狠狠往他丟去，他又「喔」了一聲。

然後我開口把這陣子家裡發生的所有事全告訴了她們，明怡和樂晴邊聽邊哭，立湘則是一直瞪著大眼睛，試著忍住淚水，孫大勇也沉默著。

明怡哽咽了，「妳以前這麼固執，我們勸妳的妳都不聽，還好現在都不算晚。」

孫大勇也感嘆，「人還是要經歷過才會長大。」

樂晴瞪了他一眼，「你經歷這麼多，怎麼都沒有長大？」孫大勇當做沒有聽到，馬上把他手上的電動重新按了繼續。

「那妳跟學長和好了嗎？」樂晴突然問。

我的表情忍不住起了變化，看著阿咕咕好久，才緩緩回答，「我們真的分手了。」

氣氛突然down了下來，大家都不敢說話。

我深吸一口氣，微笑抱著阿咕咕說：「怎麼辦？你想跟著爸爸，還是跟著媽媽？」我試著緩和氣氛，但都沒有人捧場，大家的表情就僵在那裡，我只好自己在心裡苦笑。

孫大勇的手機突然響了，他接了起來，喊了聲，「阿昱！」

聽見這兩個字，好像有人拿電擊棒狠狠電了我一下。我馬上抱起阿咕咕回房間，把那些關於康尚昱的一切都關在門後。

我坐在床上，不停地說服自己，人不能一直和過去糾纏，這樣未來就不會來。

於是，我在這個晚上下定決心，未來要一個人過日子，因為我再也不可能像愛康尚昱那樣去愛別人，他會是我唯一如此用心、用力、用盡一切愛過的人。

人最無能為力的時候，就是當你下定決心後，發現自己再怎麼努力也做不到，卻也無法責怪自己的時候。

第九章

終於回到台北，因為連續請了十天的假，在我回到崗位上時，工作像大浪般朝我滾滾而來，再加上我的精神狀態不佳，偶爾想著康尚昱出神，花了不少時間，所以我每天幾乎都得忙到晚上十點多才下班。

「今天又加班？」樂晴看著剛進屋裡的我說。

我無力地點了點頭，本來今天是不用加班的，但是因為一時失神，我把會議紀錄的內容整個搞錯，只好留在公司重改，又不小心把老闆的聚會時間記錯，緊急調派司機，但還是害老闆遲到了。

我又多留在公司自責了十分鐘。

「妳去洗澡，我們剛去買了麻辣鍋底，等等吃麻辣鍋當消夜。」樂晴興奮地對我說。

我晚餐沒吃，聽到有麻辣鍋，心裡得到了莫大的滿足，於是我用最快的時間梳洗完畢，重新回到餐桌前和她們相聚。

我夾了塊鴨血開始吃起來，再涮了幾片牛肉，接著丟了幾顆我最愛的芝麻口味麻吉燒，然後又夾了油條丟進鍋中，數到十後吹了幾下，馬上入口，又燙又麻又辣，很爽。

她們邊吃邊看著我，再彼此交換眼神，好像在確認眼前的我是不是真的像她們看到的一樣沒事。

自從我告訴她們我和康尚昱真的分手了，她們每個人就輪流來我房間陪我睡覺，每個人輪流陪我吃早餐，每個人輪流提醒我要吃午餐，每個人輪流陪我，不讓我自己一個人獨處。

但我真的沒事，我每天不停重複告訴自己，只要再痛個幾天，再難過個幾個月，再想念個幾年，一切都會恢復正常的，

時間會幫我的。

我無法相信自己，只能相信時間了。

「今天沒有買貢丸喔？」我只是隨口說說，因為立湘非常喜歡吃，只要吃火鍋，就一定會買貢丸。

孫大勇馬上放下筷子，「妳想吃嗎？我馬上去買。」接著就要衝出去了。

我馬上叫住他，「不用啦！我只是問一下而已，回來坐下。」我認識孫大勇將近十年，他第一次這麼主動，昨天我只是隨口說有點想喝可樂，五分鐘後，他就拿到我面前。

我看起來有這麼令人擔心嗎？

我明明就很努力地過生活，正常吃、正常睡、正常說話、正常笑，我正往正常的狀態生活著，可是他們覺得以我現在這種狀態，我的正常是另一種不正常。

「剛去買食材的那間超市正好沒有貢丸了，我們立湘就吃點別的丸吧！」樂晴說完馬上夾了各式各樣的丸子放在立湘的碗裡，堆得跟小山一樣高。

立湘一臉無辜，我很抱歉，不該講到貢丸。

「對了，妳有順便買咖啡嗎？好像快沒了。」明怡問著樂晴。

樂晴想了一下，很自然地回答，「沒了嗎？櫃子底下還有一包啊！上次學長買來的。」

學長兩個字，氣氛又 down 了下來。我稍微愣了愣，但馬上又繼續夾起豆腐吃。樂晴對於提到康尚昱這件事一臉抱歉，低下頭繼續吃東西，這真的不是我樂見的樣子。

我的事，不應該牽扯到別人。

我趕緊轉移話題，「這豆腐煮起來好好吃，豆味好香喔！」

孫大勇也馬上附和我，「對啊，這個超好吃，是我買過來的，我都不知道我們公司旁邊有賣這種手工豆腐，還是阿昱跟我說的。」

阿昱兩個字又讓氣氛降到冰點，時間好像靜止一樣，大家的動作也都靜止了。

孫大勇覺得自己失言，連忙拿起碗來喝了碗裡麻辣鍋的湯，嗆得猛咳嗽，我只好去倒了杯水給他。

在我去倒水的那短短三十秒間，我聽到後頭孫大勇挨揍的聲音。

我忍不住苦笑，他有什麼錯？

氣氛依舊持續低迷，我嘆了口氣，跟他們說：「我真的沒事，就算有事，也會漸漸沒事，所以你們可以恢復正常嗎？你們如果不正常，我怎麼變得正常？」

明怡坐在一旁，聽完我說的話之後緊緊握住了我的手。我對她笑了笑，繼續說：「還有，康尚昱依舊是你們的朋友，你們不是阿咕咕，你們不用選擇要跟誰。」

但是阿咕咕的監護權，我會捍衛到底。

然後這個晚上，她們就沒有人來陪我睡了。

隔天，也只有我自己一個人吃早餐。因為昨天的麻辣鍋，大家都拉肚子了，只有我一個人沒事。

我拿了藥放在餐桌上，走到一間一間房門外叮嚀她們要記得出來吃藥，只是，回應我的都只是「嗯」一聲，但沒有半個人出來，我也只能祈禱她們的腸胃比我想像的強壯。

我親了阿咕咕一下後，就出門上班。

一進公司，我看到我的桌上放了個禮盒，上面有林裕芬的喜帖，是我挑的那一張。我轉過頭去看著她，她對我笑得好燦爛。

我也微笑對她說聲，「恭喜。」

「帶尚昱哥一起來。」她這麼說。

我笑了笑，沒有回答。

林裕芬從座位上起身，走到我面前，一臉幸福地跟我分享，「我真沒有想到我會結婚耶，我現在每天都覺得很不真實。」

但我無法跟她分享，我真的沒有想到我會分手，我現在每天都覺得好真實。

「好好過日子，要讓自己幸福，那才是最真實的。」我真心地祝福。

她開心地笑著，「我知道。」然後又踩著夢幻回旋的小碎步，走回自己的位置坐下。

看著她，我也只能羨慕而已。

我把禮盒和喜帖收好之後，就開始努力工作。不到半小時，總經理進來公司，我把整理好的資料及文件帶進辦公室，準備跟他說明接下來的工作行程。

但我得先為自己昨天失誤害總經理遲到的事道歉。

總經理笑了笑，「沒關係，只是個聚餐，一些朋友吃吃飯，不談工作的事，沒有那麼嚴重。」

我感謝總經理的體諒，開始報告今天的行程。

結束後，總經理卻開口說：「依依啊，妳看起來很需要休息，如果想請假去度假就請假，不用把自己逼得這麼緊，工作是每天都要做的，精神不佳身體不好的話，怎麼能夠好好工作？」

「總經理，我真的沒事，身體很好。」我說。

他一臉的不相信，但也不能再說什麼，「好吧！那日本竹田先生過幾天要來的事，再麻煩妳多費心了，他們說要再住妳男朋友工作的那間飯店，上次住過覺得非常好。」

聽到男朋友三個字，我心跳停了一下，但馬上恢復鎮定，我對總經理點點頭，反正訂個房間，也不會和他有什麼交集。

回到位置，林裕芬問我有沒有帶指甲剪，她剛剛去文件室拿資料時，不小心把指甲撞斷了。

我從抽屜裡拿出包包，再從包包裡拿出化妝包給她，「裡面應該有，妳找看看。」她接過化妝包，回到自己位置上。

正當我想把包包再放回抽屜時，包包的背帶卡到椅子的手把，我一不小心沒有拿好就掉在地上，東西全灑了出來。

我整個煩躁。

把灑在地上的東西一一撿起，包包丟回抽屜，結果撿到了康尚昱的印章。

我看著這個印章，想了他五分鐘。

上次只顧著拿了他的皮包給他，這個卻忘了，而且他還有兩本存摺和一堆有的沒有的東西，包括他家的鑰匙都還在我這裡，現在這樣的關係，這些都不應該繼續留著的。

想到要開始和他切割，心好像被掏空了一樣。

我坐回椅子上，拿起手機，傳了訊息樂晴，「妳還東西給前男友的時候，是什麼心情？」

她過了幾秒後回答我，「跟生理痛差不多，一開始很悶，再來很痛，然後過一天就好很多了，等生理期結束，妳就可以享受不用衛生棉的爽快。」

我對著手機螢幕點了點頭，樂晴的說明淺顯易懂，我每個月都會生理痛，就當作這個月來兩次生理期好了。

於是，週休二日的第一天，我很早就起床，先料理完阿咕咕，我開始整理房間，從房裡的各個角落找出康尚昱的東西，每發現一樣東西，我就會想起過去的我們。

明怡突然出現在我房門口，睡眼惺忪地看著我的舉動，疑惑地說：「妳怎麼一大早在整理房間？」

我不好意思地笑了笑，「吵到妳了？」

明怡點點頭，「不過我也該起床了，我今天上早班。」

她走進我的房間，看了看床上的東西，再看看我，「妳整理這些要幹麼？」

我強迫自己微笑對她說：「總是要還他的。」

明怡先愣了一下，接著替我大大嘆了口氣，然後走過來抱了我一下，對我說：「如果妳不知道怎麼面對他，我可以幫妳拿給他。」

我搖搖頭，「我直接拿去他家放著就可以了，妳不用擔心。」

她拍拍我的臉，「我知道，我已經不擔心妳了，只是我們都需要讓自己好過的辦法，如果需要我幫忙，隨時跟我說。」

我點了點頭。

即使我不需要別人幫忙，但知道有人在我身邊的感覺還是有種說不上來的踏實。

花了兩個小時，看著滿床都是康尚昱的東西，我無奈地笑了笑，如果要把全部的東西都還他，我可能還得請貨運來載。我想，一些日用品他應該也不會要了，只能把重要的印章、存摺，一些重要的文件資料放進包包裡。

昨天向明怡打聽過，康尚昱今天早上要去公司開會，所以如果我早上去他家，是不會碰到他的。

看到我拿了康尚昱家的鑰匙，阿咕咕一直在我腳邊跳，一臉很想跟去的樣子。

我看著牠的臉，十秒後還是抱起牠，決定和牠一起去向那個我們熟悉的地方告別，說不定這真的是牠最後一次見牠爸爸了。

我坐上計程車，心情無比沉重，我並不想哭，眼角卻莫名其妙地有了淚水。

到了康尚昱家，我站在大樓門口，還在掙扎要不要走進去。我把阿咕咕抱到我面前，想要解一下牠的意見，「阿咕咕，你覺得我們要進去嗎？」

阿咕咕張大眼睛看我。

「所以，你的意思是不要進去對不對？」我問牠。

牠又張大眼睛看我。

「你可以給我一點準確的回應嗎？不然，你覺得要進去的話就叫一聲，覺得不要進去我們回家睡覺的話，就叫兩聲。」

阿咕咕依舊只能張大眼睛看我。

早班警衛先生熟悉的聲音突然從我身後響起，「童小姐，外面很冷，妳不進去嗎？還是妳忘了帶鑰匙？不如我打電話請康先生下來幫妳開門？」

我回過頭，對警衛先生說：「沒有啦！我沒有要上去，我只是經過，經過而已。」

一說完，我就馬上從大門口前離開，走到一旁的便利商店裡。

頓時覺得自己怎麼會那麼窩囊？

我再次把阿咕咕抱到我的眼前，對牠說：「媽媽是不是很沒用，只是要拿東西上去放而已，媽媽居然做不到！媽媽以前年輕的時候不是這樣的啊！你告訴我，媽媽怎麼了，告訴我啊！」

牠當然不會告訴我，倒是便利商店的店員走到我旁邊問：「小姐，妳還好嗎？」

我回過神對店員說：「沒事。」

第一次把自己搞得這麼丟臉，我又快速地從便利商店走出來，看著在前方三公尺的大樓大門口，決定再努力一次。

我要踏出第一步的時候，手機響了。不知道為什麼，可以不用現在進去，我居然鬆了一口氣。我從包包裡拿出手機，不管這時候是誰打來的，我都打算一輩子感激他。

「依依，妳起床了嗎？」是媽媽。

「嗯，怎麼啦？」我問。

媽媽在電話那頭支支吾吾了很久，一直不敢開口。

「到底怎麼啦？有什麼事就直接說啊！難道又是童心菱欺負妳？」前天我媽才跟我說，童心菱把兩個小孩丟給她，自己和朋友出國玩了好幾天。

媽媽急著解釋，「沒有啦！只是想問妳心安的事。」

聽到童心安的名字，我就不知不覺地火大，我都把康尚昱讓給她了，可以不要再讓我聽到她的名字嗎？

「問我好像問錯人了。」我盡量鎮定情緒，不想對媽媽發火。

媽媽也無奈地說：「我知道妳們沒有在聯絡，只是心安一聲不響就不見了，打她電話都轉語音信箱，完全找不到人，整整一個星期了，我和妳爸很擔心啊！」

「她不是小孩子了，她不會有事的，妳和爸都不要想太多，她玩夠了就會回家。」我有點負氣地說。真不懂，都三十二歲的人了，有什麼好擔心她的。

無法給媽媽一個答案，她也只好掛掉電話。

掛掉電話的那一刻，我的腦子裡馬上浮現康尚昱和童心安在一起的畫面。有了或許他們現在正開心在一起的念頭，心又好像被揪住了一樣，痛到說不出話來。

下一秒，阿咕咕在我懷裡大叫，掙扎地想跳下去。我往牠叫的方向看過去，康尚昱和童心安正從大樓門口裡面走了出來。

阿咕咕的叫聲讓我們發現彼此。

這一秒，我多希望有人從我胸口開一槍，那我就不會像現在痛到無法呼吸，痛到全身都在發抖。

康尚昱一臉吃驚地看著我，童心安也是，但我難道不是？

我無法再多看一秒，轉身決定要離開時，我想起了我來這裡的目的，我是來拿東西來還給康尚昱的，而且我得提醒我自己，我們已經分手，他不管要帶誰回他家，我都沒有資格說第二句。

我再次轉身朝康尚昱走去，站在他們兩個人面前，準備把包包裡屬於他的東西拿出來，往他臉上丟去。

然而，康尚昱伸手抓住了我的手，對童心安說：「我得帶她一起去。」

童心安遲疑了兩秒，點了點頭。

康尚昱拉著我，往停在一旁的計程車走去。我搞不清楚狀況，掙扎地想要甩開康尚昱的手，但他抓得很緊，怎樣都不肯放，就連我問要去哪裡他也不肯說。

我被推上計程車，坐在童心安旁邊，康尚昱坐在前座，對司機說：「台北火車站。」

我知道我再怎麼問他都不會跟我說明，我也不想問了。我一放鬆，阿咕咕從我懷裡跳了出去，對著前座猛叫。康尚昱回頭對著阿咕咕笑，那個我好像久違了一個世紀的笑容，那個我每天晚上都會夢到的笑容，不是對著我笑，是對著阿咕咕。

阿咕咕成功地到了康尚昱的懷裡，兩個人在前座你儂我儂，我轉過頭看了一眼童心安，她正看向窗外，表情有點哀傷，我總覺得她有點不一樣，以前那種幹練又精明的氣勢突然都沒有了，是因為她的短髮變長了嗎？

當我在思索她的改變時，心裡的另一個我跳了出來，「妳管她那麼多幹麼？又不干妳的事。」

對，沒錯，我回過頭，從自己的那片窗，看著屬於我自己的世界。

到了車站，康尚昱好像怕我會逃跑一樣，右手拉住我的手，左手抱著阿咕咕，然後拉著我去售票處買了三張到台南的高鐵票。

「回台南幹麼？」我問。

但他只是看著我，還是什麼都不說。我嘆了口氣，為自己的發問懊悔，甩開他的手，抱回他手上的阿咕咕，還好牠夠小，還好我的包包夠大，不然阿咕咕怎麼上高鐵。

這期間，童心安一句話都沒有說。

我坐在窗邊，康尚昱坐在中間，童心安坐在最外面，我的視線也只能看著窗外，看久了雙眼疲乏，再加上早上太早起，不知不覺就睡著了。

是康尚昱叫醒我，我才知道已經到台南了，而我的身上正蓋著他的外套。打算拿下外套還他時，他用不容許我拒絕的口氣對著我說：「穿著。」

我還是把外套丟還給他，但他又不死心地把外套往我身上套，語氣有點凶，「這種天氣妳就只穿了一件薄外套？又想像上次一樣感冒一個月了嗎？」

這熟悉的語氣，聽得我眼淚都快要掉出來。

我壓抑著想哭的心情，面無表情地把他的外套穿上，跟著他下車。三十分鐘後，我們坐的計程車停在我家前面。

我到現在仍然不知道我為什麼在這裡。

我們三個人一起走了進去，父親和媽媽正坐在客廳看八點檔電視劇，轉頭看到我和童心安一起回來，驚訝得說不出話來。事實上，這麼荒唐地被帶回台南，我的驚訝真的不會比他們少。

父親驚訝過後，突然生氣地對童心安說：「妳要出門可以，但妳要說一下啊！妳小媽和我打了多少通電話給妳，但妳連回都不回，妳知不知道我們會擔心？」

童心安沒有回答。

康尚昱看著童心安說：「妳真的沒問題嗎？」

她點了點頭。

然後康尚昱走到我面前，把我懷裡的阿咕咕抱走，再對父親和媽媽說：「童爸，小媽，我先回家了。」

接著，只剩下我們四個人在客廳。現在到底是什麼情況？我一頭霧水，完全抓不到重點。

媽媽先開口問了我，「依依，妳要回來怎麼沒有先跟媽媽說？」

這問題我還真不知道怎麼回答，三個小時前，我連我自己會回來都不知道好嗎！

還好童心安開口了，「爸，小媽，我有事要說。」

我們三個人的眼睛都放在童心安身上，不知道她會說什麼，但由她的表情看起來，應該不是件好事。

她深吸了口氣後說：「我懷孕三個月了。」

這一瞬間，我好像被雷打到一樣，腦子裡第一個冒出來的念頭居然是：這小孩不會是康尚昱的吧！他們之前私下聯絡，最近又走得這麼近，除了康尚昱之外，我還真想不出孩子是誰的。

聽見「懷孕」兩個字，我長達五秒忘了怎麼呼吸，但後來我馬上推翻這種荒謬的想法，不管他們以前私下怎麼聯絡，現在是不是在一起，如果小孩是康尚昱的，他絕對不會讓童心安自己來面對這件事，他不是這種不負責任的人，這我可以拿生命保證，於是我的呼吸開始恢復正常。

我和媽媽對看，完全不知道接下來應該要有什麼反應。這幾次看童心安都不覺得她有什麼異樣，沒想到肚子裡面居然有個寶寶，還好我沒有真的動手打過她。

父親也愣了一下，過了好久才繼續說：「懷孕了沒有關係，叫對方來談，看什麼時候要結婚，趕快辦一辦。」

「沒有什麼對方，我要自己生下來，自己養。」童心安眼神堅定。

但父親崩潰了，氣得指著她罵，「未婚生子我是絕對不允許，妳要不然就結婚再生，要不然就把小孩拿掉。」

童心安落下了眼淚，啜泣著，「我不可能把小孩拿掉，他對我很重要。」

「那妳就給我出去，妳就不要給我姓童，妳這樣對得起妳媽嗎？她現在如果知道自己女兒未婚生子，她會有多難過？」父親氣到滿臉通紅，我好怕他一口氣會喘不過來。

媽媽急著去勸父親，「先不要那麼激動，有事好好說，自己的女兒不姓童，要她姓什麼？」

我站在一旁，完全幫不上忙。

父親順了口氣，緩緩地說：「去把那個人給我叫來，我要好好跟他談一談。」

「沒有什麼好談的，他不在台灣，我要自己把這個小孩生下來。」童心安表情痛苦地回答。

我開始猜測著小孩的父親會是誰。如果不在台灣，那會在哪裡？童心安是上個月才回台灣的，但她說她懷孕三個月，時間往回推的話，應該是在美國懷孕的，小孩的爸爸難道是美國人？

父親激動的聲音把我從一堆猜測裡喚了回來，「如果妳不把他找來，要生下這個小孩免談，如果妳真的要生，我們就斷絕父女關係。」他對心安下了最後通牒。

聽到這句話，童心安也崩潰了，大聲哭著對父親說：「好啊！那我就不要姓童，我自己會去把小孩生下來，我自己也可以養他！」

我和她打過這麼多年架，比誰都還要知道她的脾氣，有時候，她就是另外一個我，固執起來誰也不讓誰，所以我們的戰爭才會持續這麼久。我真的相信，不需要靠任何人，她都會把小孩生下來，自己撫養。

父親氣得東張西望，就像小時候，我們打完架又在他面前吵架，他氣到想要找棍子揍我們一樣。他跑到神明桌前，拿了一大把香朝童心安走過去，媽媽急忙拉住父親，但怎麼也拉不住。

那把香要落在童心安身上時，我不知道是誰附身在我身上，我竟跑到她面前，幫她挨了一下。那一下在我背上發出了好大的聲響，我看到香斷了幾根在地上，但沒有想像的痛，可能是康尚昱的外套夠厚。

失控的父親根本沒有發現他打的人是我，他一心只想教訓童心安，所以又舉起手，那把香加速的聲音在空氣中響起，唰、唰、唰，我又挨了三下。很悲傷的是，這三下不是打在背上，而是我的大腿，三秒後，我整個腿發燙又發麻。

媽媽氣得用力搶下那把香，但也所剩不多，因為大部分都打我打斷了。地上散了一地斷掉的香，媽媽氣著對父親說：「有什麼事情就好好說，打女兒算什麼，大姊看到你這樣對女兒，難道就不會心痛嗎？她可是懷孕的人耶，你居然捨得打下去？她出了什麼事，你就會開心嗎？」

父親聽完媽媽的話，氣得轉頭就走。關上門的那一刻還恐嚇童心安，「我告訴妳，我絕對不准妳把那個小孩生下來。」然後砰一聲，門被大力地關上了。

媽媽難過地摟著童心安，「好，先別哭了，懷孕的人這樣哭對身體不好，走，先上去休息，有什麼事明天再說。」

然後就扶童心安上樓去了。

被打的人是我，我的大腿還在發燙，但整個客廳就只剩我自己一個人，康尚昱是騙我回來幫童心安挨揍的嗎？真不愧是她的好朋友啊！

我無奈地拖著傷上樓，媽媽還在童心安房裡講話，她是不是忘了我才是她的親生女兒？

牛仔褲上都是香的味道，我把褲子脫下來，才看到我的大腿整片都是紅的，還有幾道已經變成紫紅色，血管在皮膚下方爆裂，一碰就又辣又痛的，我忍不住飆淚。

換好居家服，我打算下樓找藥，媽媽剛好走了進來。我一開口就是，「媽，妳忘了我才是妳女兒嗎？我才是那個被打的人好嗎？」

媽媽歉疚地看著我，拿著藥走到我面前，「我知道，我都看到了，可是身上的痛比較容易解決，心裡的痛不是那麼簡單的。」

我嘆了口氣，這個時候，我沒有想要和童心安計較的心情，我對著表情凝重的媽媽說：「好啦！我開玩笑的。」

「傷在哪裡？我來看看，妳爸下手真的夠重的，聽到打在妳身上的聲音，我都快要心疼死了。」媽媽打始打量我的身體有沒有哪裡缺角了。

我從媽媽的手上拿了藥，對著她說：「沒有很嚴重，就只是紅紅的而已，我自己擦藥就好，妳快去看爸。」

母親點了點頭後，就離開我房間。

從上次和父親聊過天後，其實我是可以理解父親的，因為我們是在這樣的家庭下長大，他對我們三個小孩都帶著愧疚，尤其大媽過世之後，對失去媽媽的童心菱和童心安，父親的在乎更深了，比誰都希望她們可以幸福。

雖然我不能保證未婚生子就一定不會快樂，但我能想像，這絕對是一條辛苦的路，帶著滿滿虧欠的父親怎麼捨得看著她吃苦？

我嘆了口氣，不管怎樣，我都希望這件事可以圓滿解決。

還在思考時，手機響了。我從包包裡拿出來接聽，是樂晴來電。

「依依，妳在哪裡？我今天煮了松露燉飯，快回來吃。」

喔！我最愛的松露，此刻卻離我好遠，人生最大的無奈。「我在台南。」

她嚇了一跳，「什麼啊！回家也不講一下，我們都在等妳耶，怎麼那麼突然回去了，童爸童媽有什麼事嗎？」

我思考了一下，把剛剛發生的所有事情都告訴樂晴，還順便跟她告解了一下，當我知道童心安懷孕的那一刻，我竟然想著康尚昱會不會是小孩的爸。她在電話那頭直接罵我，「妳神經病！」

「我真的是。」我很坦白地承認。

她又在電話那頭唸我思想偏差，唸我汙衊康尚昱的人格，唸我不懂得要對一個為我付出十五年的人感恩，最後對我說了一句，「妳知道嗎？童心安不是你們的問題，是妳自己的問題。」

樂晴這句話狠狠地敲中了我的腦袋，我整個頭昏眼花。

然後她又補了一槍，「妳自己說，妳跟學長到底是在吵什麼架？」

這一瞬間，我真想直接暈過去算了。

從剛剛發生事情到現在，我完全沒有想到這些，我和康尚昱吵架的原因是童心安，因為喜歡康尚昱的童心安一直跟康尚昱聯絡，因為喜歡康尚昱的童心安一直跟康尚昱來往，但，有了別人小孩的童心安，真的還喜歡康尚昱嗎？

那我到底在吵什麼？這一個多月以來我到底在幹麼？

我煩躁地把頭埋在枕頭上大叫，再把手機貼到耳旁，無力地回答樂晴，「我也不知道。」

她毫不留情，「童依依啊童依依，妳好像被妳自己給擺了一道，妳現在怎麼辦？妳要去跟學長下跪嗎？還是……」

沒等她說完我就掛掉電話了，我怕我再聽到下去會先把自己處理掉。

掛掉電話，我重重地深吸了一口氣後，再重重放掉，看著天花板上的水晶燈，閃得我眼花，頭也暈了。

門上突然被敲了幾聲，童心安的聲音隔著木板傳過來，「是我。」

我都還沒有說請進，她就自己開門了。

剛剛那個看起來有點虛弱又帶著點楚楚可憐氣息的童心安不見了，回到那個討人厭又高高在上的童心安。

「有事嗎？」我坐在床上，冷淡地說。

她走進來，把手上拿著的一條軟膏丟到我面前，對著我說：「這個藥很好用，不會留疤。」

我看了她一眼，沒有理她。

她又繼續說：「我沒有叫妳來幫我擋，所以想聽我說謝謝的話，絕對不可能，沒有這回事。」

我忍不住翻了個白眼，就是這種愛嗆的個性，我不打她行嗎？

「不用，我也不想聽妳說謝謝，我怕我耳朵痛，不管妳有事沒事，我都希望妳早點離開我的房間。」我說。

她笑了笑，沒有離開，反而坐到我的床上。

我就是討厭她這麼白目，「妳不要以為妳有小孩我就不會打妳喔！」

她看著我，一臉無所謂的樣子，一副我絕對不會動手的自信模樣，緩緩地說：「我以為妳現在會很想問我到底發生什麼事。」

「妳的事我一點都不想管，也不想知道。」我說。

「那我跟阿昱的事妳也不想知道？」她挑了挑眉，那模樣看得我手好癢。

但我完全無法反駁，因為我真的很想知道。

她看破我的掙扎，自己一個人在那裡笑了好久，我已經準備起身去叫我媽上來把她帶走了，她才開口說：「喂童依依，妳知道每次看到妳這種倔強不起來的表情我心裡有多快樂嗎？」

「妳就是這樣，我才會打妳。」我說。

她聳了聳肩，一副她童心安就是這種個性，要打就打吧！

她看了我一眼，接著娓娓道來，「我在ＬＡ和一個法國男人同居了五年，因為我媽身體越來越不好，我跟他說我想回台灣住，他答應了要和我一起回來。前陣子回台北出差的時候，因為不舒服去看了醫生，才知道我懷孕了。但那個男人曾經說他沒有想過要結婚，我有些不安，後來在飯店正好遇到阿昱，所以跟他說了這件事，希望他給我一點意見並且先幫我保密。誰曉得妳一進來好像我跟康尚昱做了什麼壞事一樣，氣沖沖的，什麼都不聽就走了，妳怎麼會那麼小氣？」

真的是不虧我她就全身不舒服，我抗議地說：「誰曉得妳有男朋友？妳明明出國前還為了康尚昱揪過我的頭髮，妳都忘記了嗎？」

她看著我，語氣淡淡的，「因為妳從不和我聯絡啊！」

「妳那麼討厭我，我為什麼要跟妳聯絡？」講得好像都是我的錯一樣。

童心安大笑了兩聲後，幸災樂禍地說：「所以妳活該以為我還喜歡阿昱。」

我才想要再反駁什麼，她又繼續開口說著，「因為爸爸生日的關係，我沒有辦法馬上回美國跟他說這件事，只好打電話給他，但他居然二話不說要我把小孩拿掉，他告訴我，如果我要生下小孩，他只好跟我分手。」

「這什麼爛男人？」我忍不住生氣起來，我不是為童心安發聲，我是站在女人的立場，這種男人該拿去填海。

童心安苦笑了一聲，假裝雲淡風輕地說：「爸生日那天，我告訴阿昱，孩子的父親要我把小孩拿掉，可是，我真的很想要這個孩子。我們兩個原本只是在門口附近散步，後來不知道為什麼我肚子突然痛了起來，他就陪我去醫院急診，在那裡躺了一下，打了營養針，早上回來的時候又被妳看到，我能說什麼？」

我也無話可說，我根本不知道事情是這個樣子。

「爸生日過後，我打算回美國跟他談，結果又遇到我媽過世。我媽過世給我很大的打擊，阿昱要我打起精神去面對這件事，我只好買了機票馬上回美國，但是他已經不見了，消失了，我們住的房子裡都沒有他的東西了。」

聽著童心安講這麼痛苦的事，她的表情卻淡然得好像別人的事情一樣，這是我第一次覺得她很了不起。

「我還在美國多待了幾天，希望他會回來，哈，現在想想都覺得自己好蠢，」她自嘲地笑了笑，我卻一點都笑不出來。

她看著我，露出堅定的眼神，「可是，就算這樣，我還是想要這個小孩，我無法拋下他。昨天晚上到台灣時，我在機場裡打電話給阿昱，告訴他，我決定自己把小孩生下來，但是我希望他可以陪我回台南，畢竟要跟爸講這件事，我自己一個人真的很害怕，所以他就收留我一個晚上，就只是這樣。」

就只是這樣，童心安要未婚生子，就只是這樣，我就和康尚昱分手了。

事情的變化真的太荒唐了。

我忍不住嘆了一大口氣，為她，也為我自己。直到這個時候，我才能專心地看著童心安，還有她微凸的小腹，想到她的未來，我也不自覺地擔心了起來，「妳真的準備好了嗎？接下來的日子，妳真的想好了嗎？」

童心安的眉間雖然還帶著憂傷，仍自信地點了點頭，「這個小孩會姓童，他會是童家的孫子，所以妳的財產會少分到一點，然後小媽很會照顧小孩，所以她可以幫我帶孩子，我就打算先在家裡當個千金小姐。」

這對姊妹真的很奇怪，每句話都不離財產。

但又要折騰我媽，我就不能放過她，「拜託妳一下好不好，妳姊兩個孩子已經夠欺負我媽了，再加上妳的小孩，不覺得太過分了嗎？再怎麼討厭我媽，也不用這樣對她好嗎？」

童心安斜躺在我的床上，淡淡地說：「我是看妳嫁不出去，什麼時候會生小孩都不知道，先生一個來叫她奶奶，妳應該要感謝我才對。」

奶奶兩個字狠狠地打到我心裡。

我錯愕地看著她，完全沒有想到她會說出這句話。

她慵懶地笑了笑，然後一臉輕鬆對著我說：「妳知道嗎？如果沒有康尚昱，或許我們會變成關係不錯的姊妹。」

我看著她的笑容，開始頭皮發麻。

懷孕的人會精神錯亂嗎？我從來沒有想過姊妹兩個字會套用在我們身上，但她居然有這個念頭，我的臉上寫著不敢相信。

「妳不用露出那種表情，妳應該知道爸跟我媽並不是戀愛結婚的，他們不吵架但也沒有話說，整個家裡雖然有人，卻是很冷清，妳和小媽來了之後，我覺得家裡熱鬧了些，所以並不排斥，但妳居然搶了我的康尚昱，我怎麼能夠放過妳？」童心安說完還冷笑了一下。

「我沒有搶，是他先喜歡我的。」我說。

「呿！明明就是妳先親他的！」她抗議。

我懶得跟她抬槓，眼睛不小心瞄到時鐘，已接近十一點了，想到她一整天也吃了不少苦，我心軟地對她說：「妳不累嗎？都那麼晚了，妳不休息小孩怎麼休息？」

我一說完，童心安從我的床上坐起身，然後站了起來，一派輕鬆地開口，「妳不用管我，妳擔心妳自己就好，快去找康尚昱和好吧！都三十歲了，不要那麼幼稚。」

「真好意思說耶妳，還不都是因為妳，還敢講。」我瞪了她一眼。

童心安則是理直氣壯地說：「干我什麼事，都是妳自己的問題好不好，我一直往前過日子，是妳自己還一直活在過去，是妳讓妳自己不安，是妳自己不夠相信康尚昱，還好意思怪別人？」

我無法回應，因為她說的每一句都對極了。

是我還活在過去，當康尚昱試著帶著我走出來，是我先甩掉他的手，固執地堅持自己的想法，拒絕任何人碰觸那塊壓抑的過去，包括我自己。沒想到我被自己困住了這麼久。

我把自己變成了罪人，那個傷害自己的罪人。

見我沒有反應，童心安繼續說：「我跟妳說，這輩子除了他，妳是很難找到對象了，性格這麼扭曲，如果妳不打算挽回他，我再去問問他要不要當現成的爸爸。」

「瘋子。」除了這個，我實在是講不出更好聽的話來回應她。

她一副無所謂的樣子，瀟灑地走到門邊。出去之前對我說：「因為阿昱，我曾經非常羨慕妳，但當我真的愛上一個人的時候，我卻是非常佩服妳，因為對愛情，妳比我勇敢，妳比我執著，妳應該有康尚昱那樣子的男人陪著妳。」

我還沉浸在她話裡的餘溫時，她又補上了一句，「如果妳真的不要阿昱，記得通知我。」

當我快速地從地上拿起拖鞋時，砰，門已經被關上了。

童心安真的很笨，我怎麼可能會丟她？童心安真的很笨，我怎麼可能不要康尚昱？只是現在的狀況，已經不只是要不要的問題了。

「過去」真的很好，我們會懷念那些快樂的時光，但我們通常最記得的，是那些受過的傷，我們需要帶著過去生活，但傷痛若讓我們無法前進，那麼，過去就從未真的過去。

說一切都過去了這種話，只是對自己的一種安慰罷了。

相愛，有相愛的時機，所以我們總是會在某些時候錯過了一些人。可是，分開也有分開的時機，如果我們閃過那個分開的時機，我們是不是能再一次相愛？

第十章

人生最刺激的地方，就是你永遠想像不到下一秒會發生什麼。

我看著床上童心安留下來的藥發呆，深深覺得人生無法解釋，因為完全沒有道理。剛剛她對我說的每一句話都讓我心慌意亂，我只好起身，決定好好洗個澡，然後好好睡一覺，有什麼事明天再說。

沒想到，洗完澡之後精神更好，翻來覆去到一點多還是睡不著，我只好又下了床，決定去院子走走。原本拿了自己的外套，但是轉頭又看到掛在椅背上康尚昱的外套，我放下手上的，穿了康尚昱的，他的味道在我身上，我覺得很平靜。

我在院子裡晃來晃去，坐在我習慣的石椅上，看向康尚昱經常出現的圍牆，這次，我沒有想到過去，我想到未來，一個不知道還能不能擁有他的未來。

在我眼神迷離之際，我聽到阿咕咕的叫聲，接著康尚昱的臉就在圍牆旁出現。他看到我在院子裡，臉上沒有什麼表情，我深吸一口氣，從石椅上起身，走到圍牆邊，越靠近他，我的腳就移動得更緩慢，好像走了一世紀，我才站到我的老位置。

我們對望了很久，彼此都沒有說一句話，只有阿咕咕的喘氣聲，冷空氣在我們之間變得更冷，每呼吸一次都覺得痛苦。

不知道過了多久，我才鼓起勇氣對他說：「還沒睡啊？」

「嗯。」他低頭冷淡地回答。

他的反應，讓我的勇氣頓時少了一半。

接著我又花了幾秒鐘給自己心理建設，說出了我想說的話，「我都聽童心安說了。」

他抬起頭看我，默默地又應了一聲「嗯」之後，低下跟阿咕咕玩了起來。

這一秒，我的勇氣完全消失，然後再也提不起來。

他見我呆呆地站在原地，沒有半點反應，便開口冷淡地對我說：「已經很晚了，快回去睡吧！」

我不自然地點了點頭，從來不知道我們之間竟然會有如此無言的時刻。我頹喪得想哭，脫下身上的外套還給他，然後轉身跑回到屋子裡，躺在床上，又是一夜無眠。

我又一大早就出現在廚房裡，媽媽正在熱豆漿，一轉過頭來看到我，大叫了一聲，「妳的臉是怎麼了，眼睛被誰給打了？」

我無奈地倒了杯水，坐在餐桌前，解釋著，「昨天沒睡好。」

媽媽倒了杯豆漿給我，「都已經老是睡眠不足了，有時間還沒睡好，那妳是要怎麼辦？」

我聳了聳肩，誰知道我要怎麼辦。

看著媽媽把早餐一份一份地擺好放在托盤上，我疑惑地問媽媽，「這是幹麼？不是都在餐桌上吃嗎？」

媽媽嘆了好大一口氣，「妳說妳爸和心安現在這種狀況，還有辦法在一起吃飯嗎？心安也是一大早就醒了，我等等要帶她去產檢，昨天這麼一吵，真怕她身體吃不消。」

我翻了個世界宇宙無敵大白眼，對媽媽說：「妳都沒有看到她昨天還在我房間發瘋，什麼吃不消？她身體好得很好嗎？妳應該帶我去看醫生，我大腿一整片都腫的好不好！」

媽媽很不客氣地回我，「我昨天問妳，妳不是說沒事嗎？還有我警告妳，心安現在可是孕婦，我不准妳再動手打她，有沒有聽到？」

我活了三十年，這還是第一次媽媽對我說話這麼大聲。

反了，反了，這世界反了。我豆漿也喝不下，打算起身走人，媽媽又馬上叫住我，我以為她是要跟我說：女兒啊，媽其實最擔心的是妳。結果不是，「妳把這份早餐端上去給心安。」

我都還來不及再為自己說一句話，那個托盤已經塞到我手上了。媽媽端了另一個托盤，準備去父親房間。

我決定要把這份早餐甩在童心安臉上。

到了她房間，我敲了好幾次門都沒有回應，我火氣緩緩升上來，「快點開門，妳不知道端久了手很痠嗎？再不開我就自己開了喔！」

門在兩秒後被打開，童心安背對我，用帶點鼻音的聲調，「放著就可以滾出去了。」

我假裝沒有發現她在哭，「妳快點吃完，我還要上來收，我等等上來，妳沒吃完的話，我就用塞的。」

然後我轉身離開，假裝生氣，大力地關上房門後，我站在門外鬆了一口氣。

是嘛！怎麼可能看得這麼坦然？怎麼可能這麼堅強？怎麼可能一點都不害怕？怎麼可能一點都不恐慌？所有的堅強都是淚水累積下來的，每哭一次，都得要催眠自己不可以害怕。

我希望童心安可以堅強，少哭幾次。

默默走下樓，看到媽媽正對餐桌上的托盤嘆氣，端給父親的早餐原封不動地在上面，心安在哭，父親在痛，這樣的狀況，我真的束手無策。

走到媽媽旁邊，拍了拍她的肩膀，媽媽抬起頭，看著我無奈地笑了笑。

我相信事情會被解決的，在某一天。

只是那天不要太晚來，我怕在那天來之前，我們會失去很多珍惜彼此的機會。

我站在父親的房門外，很想進去跟他說點什麼，但是又不知道該怎麼說。

掙扎之際，父親先開門了。他看到我站在門口，先是驚訝了一下，然後又馬上對我說：「如果妳是像妳媽一樣來幫心安講話的，那就不必了。」接著又轉頭回到房間。

父親開始築起他的城牆，打算把心安的後援兵都阻擋在外。

但我不是。

我跟了進去，在父親的身後說：「我幹麼幫她講話？我們從小打了多少架？我瘋了才幫她講話。爸，我跟你說，一定不能讓心安把孩子生下來，一定要逼她去墮胎，聽說現在技術很發達，什麼副作用或是導致不孕那都是個案，童心安不會那麼倒楣，你一定不能讓那個可愛的金孫姓童，這樣我財產會少很多，絕對不行。」

父親轉過頭來，聽著我的滔滔不絕，先是愣了一下，最後無奈地笑了出來，「妳講這個都是什麼歪理？」

「不是歪理，是你想聽的話。」我微笑著繼續說：「你想聽到有人對你說這些話，你想要有人站在你這邊，但聽了這些話，你的心情真的會比較好？」

父親漸漸失去了笑容，坐在床上，開始若有所思。

一個當父親的怎麼會不想要自己女兒的孩子？怎麼會捨得讓自己的女兒去做危險的事？他不是反對這件事，他只是反對她可能的不幸福。

我坐到父親旁邊，嘆了一口氣，「爸，你有沒有想過，如果當初外婆也叫媽媽把我拿掉，那這個世界上就沒有你的三女兒，沒有童依依這個人了。」我第一次伸手摟住父親的肩，他的肩垮垮的，他訝異著我的舉動，轉過頭來看我。

我看著父親的臉，對他說：「雖然我曾經埋怨過為什麼我會這麼狼狽地來到這世界，可是如果我沒有來，我就感受不到這個世界給我的痛苦和快樂，能夠活著，對現在的我來說是一件很幸福的事。」

父親低下頭，也緊緊握住我的手。

「我曾經希望媽媽可以離開這裡，但是媽媽不肯，她對我說，這裡已經是她的家，她想要留在這裡。這是媽媽的選擇，而且她從不說後悔，真不愧是我媽啊！」最後一句我說得特別驕傲。

父親忍不住輕笑了一下。

看到父親的心情好了一點，我才繼續說：「其實我不知道心安把小孩生下來到底對不對，但是那是她的選擇，只要她不後悔，我們都沒有資格說什麼，因為那是她的人生。」

「我就是擔心她吃苦啊！養小孩哪有這麼簡單，再說她現在生下來，帶了個孩子，以後怎麼嫁得出去？」父親轉過頭來，看著我說。

我搖了搖頭，不認同父親的想法，「爸，你應該要擔心我，我如果嫁不出去，可是要孤老一輩子，但至少心安還有個小孩，我什麼都沒有耶。」

父親更不認同我，「妳有阿昱啊！」

講到這個，又要牽扯不完，我只能趕緊轉移話題，順便逃離現場。我站起身，邊走向門口邊對著父親說：「我要早點回台北了，明天有日本客戶來，我還得回去聯絡一些事，反正，你絕對不要讓童心安把你可愛的金孫生下來，還有啊，絕對不可以姓童啊！」

話說完的時候，我已經關上門了。

好像經歷了一場大戰一樣，我虛脫地蹲在父親的門邊，想要好好喘口氣，卻又被剛好要出門的媽媽和童心安看到。

「妳在這裡幹麼？」媽媽一臉好奇地問。

我趕緊站起身，假裝沒事地說：「沒有，我剛才在撿東西。」

媽媽是相信了，但童心安的眼神不太相信，反正我也沒有一定要讓她相信的必要，我看著媽媽說：「媽，我要回台北了，我還有事，得要早點回去。」

「又這麼早回去，也等吃完午餐再走嘛。」媽媽抱怨著。

「不了，明天公司有重要的事，我下午想進公司一趟好好準備。」最近真的太過失神，很怕自己哪裡沒做好。日本竹田先生除了是公司的客戶之外，還是總經理的好友，我不能有閃失。

童心安又一臉不相信地說：「是嗎？應該是怕跟某人一起回去吧。」

我瞪了她一眼，因為她又一句話打中了我的要害。對，沒錯，童心安說的一點都沒有錯，我的確想要早點逃回台北，只是因為康尚昱。昨天那種無言的場面，我不知道自己是不是還有勇氣再經歷一次。

「顧好妳自己吧！比起我，妳還有好大一場仗要打。」對童心安客氣，就是對自己殘忍，但我仍善良地給了她良心的建議。

她無所謂地笑了笑，「我可是從來沒有輸給爸過，但是妳呢，可不是每一場都能贏康……」

童心安還沒把人名喊出來，我馬上大叫，「啊！喉嚨痛痛的，我要去喝水了，妳們出門小心點，我等等就走了。」

一說完，我就馬上離開。

邊走，還邊聽到後頭傳來媽媽對童心安說「依依最近老是怪怪的」，童心安笑出聲，回答著，「小媽，她從小時候就奇怪了，又不是現在。」

背後說人壞話，完全沒道德，我氣得踩著重重的腳步回到房間，人可以輸、可以敗，但絕對不能有把柄落在對手手上，因為那不只是輸，不只是敗，還是人生最大的恥。

但我也只能抱著大大的恥，搭上高鐵回到台北，然後又在包包裡發現那些還沒有還給康尚昱的東西。

我也只能大大嘆了一口氣。

到台北後，我先到公司把明天竹田先生的行程再確認一次，該聯絡的接送司機和飯店也再一一聯絡過一次後，才回到家。

我又花了一個晚上的時間把所有的事仔細對她們三個人說，對於我和康尚昱現在的狀況，她們什麼也沒有說，只是拍了拍我的肩膀，要我自己好自為之，就各自回房間，留下我和孫大勇在客廳。

他專注地打著電動，遊戲結束之後，他起身準備回家。到了玄關要穿鞋時，折回來拍了拍我的肩膀，再回去穿鞋。我只好又拿起抱枕丟他，但只能丟到門上，他已經離開了。最後，我也只能垮著被他們拍得更垮的肩膀，回到房間好自為之。

隔天早上，因為大腿的傷口，我無法穿很貼身的褲子和窄裙，只好擦了童心安給我的藥膏，穿了件幾年前買的連身黑色蓬蓬裙，減少布料和傷口接觸的頻率。但看到鏡子裡這裙子實在太可愛，我只好又加了件白色西裝外套。

我一走出房門時，沒去早餐店的樂晴馬上說：「童依依，去換掉，妳這年紀不適合裝可愛。」

我忍不住瞪了她一眼，「傷口一直跟布磨擦，會痛啦！」誰願意在三十歲還把自己當成童話故事裡的公主，明明知道童話都是謊話。

她才恍然大悟，「對喔，妳幫妳姊挨了兩下。」然後她走到我面前翻起我的裙子。

「拜託一下，不要說什麼姊的，我聽了真的有點想吐。」我反駁地說。

但她根本沒有理我說什麼，看了我的傷口大叫，「天啊！妳這傷口好像我一碰血就會噴出來，也淤血得太嚴重了吧！都還沒有消腫。」

對吧！還說我裝可愛，我真的很委屈。

「我覺得妳要去給醫生看看，擦個藥，不要自己亂擦，妳要好好想想，妳現在可是被學長拋棄了，如果腿上再留疤，誰要妳啊？」我只不過是昨天跟她們說康尚昱對我的態度很冷淡，她們就一致認為我被拋棄了。

再講下去我會吐血，從桌上拿了早餐，再拿起包包，我轉身準備上班去。在我要開門的時候，樂晴在我後面說：「欸，妳今天穿這樣其實還滿好看的。」

我沒有理她，但心情不錯。

司機打來跟我報告竹田先生很順利到了台北，他正準備帶他們到九份去逛逛，因為竹田先生非常喜歡侯孝賢導演，尤其是悲情城市這部電影，所以九份是他們每次來台灣一定要去逛逛的地方，逛完之後會送他們回到住宿的飯店，和總經理一起晚餐，隔天再準備出發到宜蘭花蓮三日遊。

司機還告訴我，我特別交代要他買的珍珠奶茶，他準備好了放在車上，竹田夫人一坐上車就笑得非常開心，我聽了也非常開心。還好一切順利，我請司機有事一定要馬上和我聯絡。

不過，一整天下來，我的手機非常安靜，應該是沒有什麼問題才對。正當我要安心下班時，總經理打了電話進來，「依依，等等妳下班就過來，竹田說要請妳吃飯謝謝妳。」

啊？那是康尚昱工作的飯店耶。

「可是，我晚上還有事耶。」我試著推掉。

總經理笑了笑，語氣雖然平淡，卻有不容拒絕的氣勢，「如果不重要，就推了吧！妳也知道，要得到竹田邀約，可要像我和他這麼熟才可以。」

我還能說什麼呢？

只好下了班，默默搭車到飯店。經過大廳時，我幾乎是用跑的，然後趕緊站在電梯前猛按上樓鍵。還好老天爺幫忙，電梯很快載走我，我順利來到二十樓的中餐廳。

和竹田先生夫婦還有總經理夫婦吃了一頓非常愉快的晚餐後，竹田先生回房間休息，總經理他們也因為還有其他的邀約，先離開了。

我從二十樓下來，從電梯走出來時，我在大廳看到了康尚昱，他正和幾個人坐在大廳沙發上談事情。看著他的側臉，開始心跳加速，我快被自己這種不正常的反應給嚇死了。

安撫好自己的情緒，我打算安靜地從他後面偷偷走過，但仍舊被他發現。

他抬起頭看著我，眼神放在我身上好久，我的身體越來越僵硬，看不透他的表情。和他談話的人發現他的失神，叫了他一聲，他才把眼神從我身上移開，回到工作上。從那一秒開始，我也才能正常呼吸。

我心急地離開大廳，往大門走出去，可能是我失神的關係，沒有注意到開到大門口準備載客人的計程車，就這樣被計程車撞倒在地上。還好計程車的速度不快，我應該算是被車推倒在地上。

站在大門內的服務人員看到這一幕趕緊開門過來要扶起我，最後扶起我的人卻是康尚昱。我看著他，驚訝得說不出話來，他一臉著急地打量我全身上下，「怎樣？有沒有哪裡受傷？」

我搖了搖頭，好久沒看到他這樣的表情。

撞到我的計程車司機也趕緊下車來察看我的傷勢，「小姐，妳沒有沒怎樣？妳不可以走路不看路啊！還好我慢慢開，不然真的撞下去怎麼辦？我帶妳去看醫生，給醫生檢查一下。」

「不用了，只是一點小擦傷而已，我回家擦個藥就好了。」我看了看自己磨破的手掌還有些微滲血的膝蓋，除了這兩處，沒有其他傷口，不需要去醫院。

「確定嗎？」司機先生再確定一次。

我點了點頭，並向他道歉，「真的不好意思，是我沒有注意到。」

司機先生也鬆了一口氣，「那好吧！」接著拿了他的名片給我，「如果真的哪裡不舒服，可以聯絡我，我還是會負責的。」

我接了過來，然後他邊走邊說：「今天晚上不接客人了，收工，明天得要去收驚了。」

接著上車離開。

康尚昱還是扶著我，但是一句話都沒有再說，我真的覺得這樣很尷尬，我開口打破這樣的氣氛，我看著他說：「我沒事，你去忙吧！」

「妳在這裡等我一下。」他脫下他的西裝外套披在我身上，再對著門口的服務人員說：「看著她。」

然後就消失不見。

五分鐘後，他開著車到大門口，扶我上車，接下來又一句話都不說了。我在熟悉的車內，應付這種不熟悉的狀況，覺得很疲憊。

原本以為他送我回家之後就會離開，他卻陪我上樓，再陪我進屋裡。在客廳看著電視的四個人被這一幕狠狠嚇了一跳，他們張著嘴，整個客廳卻只有電視傳出來的聲音。

大家都不知道該說什麼，而我則是尷尬得不知道該說什麼。

康尚昱卻先開口了，「樂晴，妳可以幫我拿醫藥箱嗎？」

樂晴回神，把嘴巴闔上，快速地拿了醫藥箱給康尚昱，他接過來，竟自己走進我的房間，在房內喊著，「進來擦藥。」

於是我在他們四個人的注視下，走進了房間。

我坐在床上，他把椅子拉過來，坐到我面前，先幫我消毒再上藥，動作和以前一樣仔細。手掌和膝蓋上好藥之後，他突然把我的裙子往上拉。我被他的動作嚇到，結果他也被我大腿上的傷嚇到。

他一臉凝重地問：「這傷怎麼來的？要不是妳剛才跌倒露出這片傷痕，我都不知道妳的腿傷得這麼嚴重。」

我把幫童心安挨了幾下的事說出來後，他也沒有說話，只是面無表情地一直盯著我大腿上的傷。我把裙子拉下來，輕鬆地說著，「過幾天就會好了。」

原本放在我傷口的眼神，現在又看著我，看起來有很多話想說，卻又一句話都不說，只是輕輕嘆了口氣，對我說了一句，「藥要記得擦。」後就離開了。

他一離開，他們全衝進我的房間，對著我直問：「和好了嗎？」

我都還沒有回答，他們又自己給自己答案，「肯定是和好了啦！都進房間了。」「對嘛！剛才還關上門！」「也好久沒有看到學長，早知道叫他留下來一起吃消夜。」「尚昱哥要來怎麼不帶阿咕咕來？」

四個人在我房間自問自答後，又旋風似地回到客廳繼續看電視。

我卻無話可說。

接下來，連續幾天我和康尚昱又失去了交集，倒是媽媽每天打電話來給我，報告昨天童心安和父親又吵了多少次架，兩個人又鬧了什麼彆扭。值得開心的是，父親雖然沒有鬆口答應讓童心安把小孩生下來，但也沒有再提不准生下來這件事，我猜等童心安肚子再大一點，幫她燉補品的就不是我媽，會換成是爸爸。

我們老是仗勢著關係不會改變，所以總是隨便地對待最親的人，雖然是一種彼此的傷害，也是對彼此的一種證明，證明我們之間和別人的不一樣。

我們都是一樣。

「心菱昨天知道了，現在回來在跟心安吵架，妳爸也加進去吵，都不知道在二樓吵什麼，我真的快被他們吵死了。」這是我第一次聽到媽媽的抱怨。

我笑了笑，「媽，妳不要理他們，我跟妳說，妳現在就去泡杯茶，然後坐在客廳看電視，或是看看報紙，如果真的太吵，妳就去美嬌姨那裡洗洗頭髮，等他們吵完妳再回來，要做絕一點，妳就把大媽的照片請上去。」

我就不相信，在大媽面前他們還能吵出什麼名堂。

媽媽苦笑了一下，「妳大腿傷口好一點了嗎？」

「嗯。」現在已經不腫了，而且淤血也退了很多。

「我聽心安說妳跟阿昱……」媽還沒有說完，我就馬上開口打斷，「不管童心安跟妳說什麼，妳都不要聽也不要相信，知道嗎？我要繼續工作了，先掛囉！」

結束通話之後，我在心裡大大嘆了口氣。

總經理剛好走了出來，對著我說：「依依，走吧！」

我一臉疑惑地看著他，我記得今天沒有什麼行程是需要我陪他一起去的。

「竹田是今天下午的飛機，和我一起去飯店送送他吧！」總經理解開我的疑惑。

我點了點頭，收拾東西，陪總經理出門。

二十分鐘後，我們到了飯店，竹田先生也在五分鐘後下了樓。他和夫人一直跟我道謝，直誇太魯閣好美，溫泉也舒服得不得了，已經跟我預約明年的結婚週年旅遊要再來台灣。

他們能這麼滿意，也是我工作上的成就感，我也滿足地向他們道謝。順利送走竹田先生，總經理還有別的聚會，要我自己搭車回公司。我點了點頭，也送走了總經理，眼前卻迎來康尚昱站在櫃台和女同事們聊天的畫面，好久沒見的笑容，正好好地掛在他臉上。

我的心情有點受挫。

認識我的櫃台Alice發現我呆呆地站在門口，便對我揮了揮手。康尚昱也發現了我的存在，我朝他勉強地扯了下嘴角之後，轉身離開飯店。

沒有靈魂地工作，沒有靈魂地回家，但家裡一個人都沒有。我沒有靈魂地躺在床上，唯一想做的只有問康尚昱，「我們真的結束了嗎？」

但，我真的害怕聽到答案。

和我一起賴在床上的手機突然響了起來，我沒有靈魂地接了起來，「是我，我要去新竹一趟，很晚才會回去，明怡去找她男朋友了，立湘回家，所以，晚飯妳要自己解決喔！」

「喔。」我沒有靈魂地回答樂晴後，掛掉電話。

不到十秒，電話又響了起來，我無力地又接起來。

「妳在哪？」康尚昱的聲音好久沒有在我電話裡出現過。

我嚇了一跳，三魂七魄都回來了，「我在家。」我克制情緒地說。

「十分鐘後下樓，我快到了。」康尚昱突然這樣說。

我只能呆呆地回應，「喔。」接著電話就掛掉了。

對於我們現在這樣的狀況，我無法不往壞處想。他要跟我說什麼？他會跟我說什麼？越想就越覺得悲哀，連衣服也不想換了。穿著簡單的運動服，從抽屜裡拿出那包屬於他的東西放進包包裡，或許，今天晚上就可以還給他了。

我嘆了口氣，走下樓，兩分鐘後，他的車子在我面前出現。他搖下車窗對我說：「上車。」

不管接下來會發生什麼事，我也只能硬著頭皮開車門。

突然有個男人的聲音從後座傳出來，「依依啊！好久不見。」

我往後座探了一眼，是康伯伯和康媽媽。

我趕緊向他們打了招呼之後，坐上車我直發愣，不明白現在到底是發生什麼事，康尚昱靠到我身上，從我右手邊拉了安全帶幫我繫上，接著看了我一眼，「我們上次在日本買的那件外套妳為什麼都不拿出來穿？現在才十一度，老是這穿這麼薄。」

我完全無法掌握現在的狀況，被他這種一下無言、一下關心的態度搞得很糊塗。

但我也不想多想，只好問候著後座的老人家，「康伯伯、康媽媽，怎麼有時間上來台北？」

康伯伯笑著回答，「好兒子幫我們訂了高級溫泉旅館，我們怎麼都要上來享受一下啊！」

我笑了笑。

十分鐘後，我們在一家熟悉的日本料理前下車。

康尚昱事先訂好了位置，服務生領著我們到常坐的座位上，從這裡的窗外望出去，有假山假水建造出來濃濃的日本味，他點了我喜歡的螃蟹和海膽蓋飯，也點了康伯伯和康媽媽喜歡的菜。

我和康媽媽到現在還是有點尷尬，知道她比較滿意童心安，我就無法直視她的眼神，只要我們一對視，我就只能傻笑，她也只能微笑，就跟現在一樣。

但是，康媽媽卻突然開口，「依依，上次康媽說的那些話只是隨口唸唸而已，妳不要太在意，康媽也是很喜歡妳的。」

康伯伯也在一旁附和，「對啊！妳康媽就是那個嘴巴很愛唸東唸西，像昨天還在唸我的前女友。都多久的事了，妳看看，她講話就是嘴快，沒有那個意思，妳不要跟她計較。」

我趕緊回答，「我知道！」

我怎麼敢跟長輩計較，康媽媽說的也是事實，如果我有這麼好的兒子，當然希望他找個很好的女孩。想到這裡，我的心又酸了起來，但我是二老婆的女兒，這一點是不會更改的。

康媽笑了笑，繼續說：「妳千萬不要因為康媽媽亂說話就不嫁給阿昱，妳和阿昱年紀也都到了，趕快結婚吧，我多想抱孫子，看妳爸帶心菱的小孩去公園散步，都不知道我有多羨慕。」

這些話，讓我忍不住苦笑，我和康尚昱現在這種狀況，還結什麼婚啊？

坐在我旁邊的他突然開口回應，「媽，我可不是會為了要生小孩而結婚的那種男人，如果爸娶妳只是為了生我，妳怎麼想？」

康伯伯明明好端端地喝著熱湯，卻被康尚昱的話嗆咳了。

康媽媽有點發火起來，「康尚昱你是欠揍嗎？你也不想想自己幾歲了，都三十二歲了，跟你同齡的有多少人連第三胎都生了。你進度這麼慢，都不會不好意思，不會覺得丟臉嗎？」

康尚昱堂堂正正地說：「不會。」

正當康媽媽又要發火時，我趕緊幫她倒了一杯清酒，「康媽媽，妳別生氣，阿昱不是那個意思，這個清酒非常好喝，妳試試看。」

康媽媽瞪著康尚昱，深深地緩了口氣後，接過清酒，快速喝了一杯，看著我說：「依依，如果那小子不娶妳，妳就快點跟他分手，我看他這輩子還能娶誰。」

我無奈地笑了笑，很想跟康媽說，我們好像已經分手了。

一直在進食的康伯伯總算肯出聲了，「老婆，小孩子有他們自己的安排，妳就不要操心太多，怎麼做媽媽的都不相信自己的兒子？」

康媽媽看了康伯伯一眼，拿起筷子繼續進食，好像是消氣了的樣子，我也才有心情開始吃飯，看著碗裡不知道什麼時候堆高的食物，康尚昱又剝了幾隻蝦子放到我碗裡，我被這一連串的轉折搞得都快要搞不清自己姓什麼了。

幸好，晚餐的後半段還算順利，康伯伯喝過兩杯開始搞笑，我和康媽媽也不再那麼尷尬。結束後，我們送康伯伯和康媽媽到北投的溫泉旅館，到了的時候，康媽媽還叫我們留下，泡完溫泉再走。

康尚昱很直接地拒絕，「不行，她腿上有傷口，你們好好享受，我明天再來接你們。」

然後就拉著我離開了。

回家的路上，我們又是一句話也沒說。

剛剛那頓和諧的晚餐好像只是一場夢，越無聲，我的心就越沉，快到家門口的時候，我的心已經不見了。

到家附近巷口時，我先開口了，「可以在這裡停一下嗎？我有事想跟你說。」

他沒有回答，只是把車停到路旁。

下車前，我把他的東西從包包裡面拿出來，遞給他。

他一臉疑惑地看著我問：「這是什麼？」

「就是一些你的印章，還有存摺，還有一些扣繳憑單，這些比較重要的文件要還給你，其他留在我那裡的東西，你也想要的話，我會寄給你。」我開始像失去靈魂般，機械性地說著這些話。

他看著我，沒有接過去，只是淡淡地對我說：「妳要跟我說的就是這個？」

不，當然不只這個，我繼續說：「還有，如果可以的話，我希望你可以把阿咕咕給我養。」

他看著我，一句話也不說，轉過頭，一臉嚴肅地發動引擎。十分鐘後，我已經在他家了，好久沒有來的這個家，好久沒有聞到屬於他的味道，好久沒見的阿咕咕，依然在我腳邊興奮地跳著，家裡的一切都沒有改變，我們之間卻好像變了。

我從沒有看過他的表情這麼難看，他坐在沙發上，依然一句話都不說。

這氣氛實在太讓人窒息，我一秒都呆不下去，帶我來這裡，應該是讓我自己把阿咕咕帶回去吧。於是我把手上的那袋東西還有他家的鑰匙放到桌上，然後抱起阿咕咕打算離開。

康尚昱突然在我身後大吼，「童依依，妳給我過來。」

我轉過頭，不明白他為什麼這麼生氣，難道他不同意我抱走阿咕咕嗎？可是我已經失去他，再沒有了阿咕咕，我真的會寂寞得死掉。我看著他，難過地說：「我不能帶走阿咕咕嗎？」

他狠狠嘆了一口氣，站起身走到我面前，把我手上的阿咕咕放到地上，阿咕咕馬上跑回牠自己的床上，好像也不太願意和我離開。

我非常難過。

康尚昱看著我，一臉不爽地問：「妳難道沒有別的話要跟我說嗎？」

我也看著他，不知道要說什麼。

他一臉挫敗地繼續說：「妳是真心想跟我分手嗎？妳是真心覺得未來的日子沒有我也沒有關係嗎？妳是真心要放棄我們的感情嗎？」

對於康尚昱的指控，我覺得莫名其妙，感到很委屈，「當然不是啊！不是你真心想要跟我分手嗎？」

他馬上強烈反駁，「從頭到尾都是妳說要分手的好嗎？」

「你自己也說隨便我，想分就分。」我也抗議。

他突然語塞，過了很久才難過地說：「我一直在等妳想清楚之後來找我，可是一直等不到妳，只好說服自己多給妳一點時間。可是我等了這麼久，妳居然要跟我畫清界線。」

我委屈地解釋，「我從來沒有想過要真的離開你，可是你對我一直很冷淡啊，要理不理的，為什麼事情一開始發生的時候，你沒有想過要跟我說實話？」

「我想說啊，但妳想聽嗎？只要一講到心安，妳就跟刺蝟一樣，不管是誰看到人就猛刺，妳根本就沒有給過我機會說。」他理直氣壯地回應。

這次換我無語。

嘴巴雖然說不出話來，心裡的後悔和腦子裡的自責讓我的眼淚一瞬間在眼眶中聚集，然後失控地猛掉。

我搞砸了自己的愛情。

康尚昱再一次嘆了口氣，用衣袖擦去我的眼淚，然後對我說：「我不是生氣妳隨便說分手，我只是在氣妳不夠相信我，氣妳只要面對心安的事就開始不講道理。」

我忍住眼淚，深呼吸好大一口氣後才完整地說出，「我知道，這是我的錯，我也想要跟你道歉，可是我沒有機會說。」

他不認同地反駁，「哪裡沒機會，那天在圍牆，我是故意在等妳，想說妳知道心安的事之後會跟我道歉，但是妳沒有說。上次送妳回家，在房間待了那麼久，妳也沒有說。」

「你表情那麼嚴肅又對我那麼冷淡，我怎麼敢說？」我抗議。

他摸著我的臉，表情顯露出些許無奈，「所以妳還是不夠相信我啊，妳怎麼會認為我想要跟妳分手？」

我看著他，直到現在才知道自己錯得有多離譜。

童心安說得對，我的不安是我自己造成的，跟任何人沒有關係，今天會變成這樣，都不是別人的錯，是我不夠相信康尚昱，都是我自己造成的問題。就連這一秒之前，我還是沒有真正相信他，沒能相信他對我的感情。

「對不起。」我已經哭到不行。

他把我擁入懷裡，輕輕拍著我的背，我卻只是越哭越厲害。一直以為自己頭腦清醒，殊不知，在康尚昱的愛面前，我只是個愚蠢的傻子。

大哭一場過後，我坐在沙發上，他幫我倒了杯水，走進房內，五秒之後再走出來，遞給我一個盒子。我訝異地看著他，他笑著示意我打開盒子。

我深吸了一口氣，緩緩地把盒子打開，是一個比林裕芬的求婚戒指再小一點的鑽戒，但在我眼中卻無比地閃耀。

我驚訝地看著康尚昱，他一臉滿足地從口袋裡拿出一張紙放到我手上，是這顆鑽戒的收據。我看著上面的價格，「這個戒指十二萬啊！」我帶著剛哭完濃濃的鼻音說著。

康尚昱十分受不了我，「誰叫妳看那個了？妳們女人真的是很不懂情調。」他指了收據的左上角，「看這裡、看這裡！」

上面的日期是二〇〇七年五月六日，這是七年前買的戒指，還是在我生日那天。

我迷糊地看著康尚昱，不明白他的意思，只能猜測著，「這是遲來的生日禮物？可是不對啊，你每年都有送我東西啊！」

他看著我，嘆了一口氣，「妳怎麼變笨了？是童爸把妳給打傻了嗎？」

我還是不明白。

他拿起戒指對著我說：「結婚這件事，我早就準備好了，可是我一直覺得妳還沒有，不過現在，我覺得妳準備好了。」

他給了我一個深深的微笑。

從他嘴裡講出來結婚兩個字，我嚇得完全不知道該說什麼好，看著收據上的日期，再聽他說的每一句話，我又流下眼淚了。

他像面對客戶般地跟我談起了條件，「本來我是打算要好好跟妳求婚的，但是我真的快要被妳氣死，為了懲罰妳最近讓我這麼辛苦，所以求婚就免了，以後不得再議！」

然後，他露出我好想念的笑容對著我說：「所以我現在直接問妳，如果妳確定會相信我一輩子，那就把戒指戴上，如果妳覺得我還讓妳不夠信任，那我就……」

太害怕他會出說「那我就只好放棄」這句話，我二話不說，從他手上拿了戒指自己戴上。經過這些事，我還能有不相信他的理由嗎？

他驚訝地看著我的舉動，緩緩地把剩下的話說出來，「那我就只好繼續等。」

我感動地看著他，什麼話都說不出來了，我感謝他最後仍沒有放棄我。

他看著我，開始吐糟，「我真的不知道妳有這麼想嫁給我耶，妳平常怎麼都不說？我以為妳不想嫁給我。」

戒指都已經戴上，我還有什麼好怕的，擦掉眼淚，馬上變回原來的童依依，我瞪著他說了聲「閉嘴」。

但他還是白目地不肯停，「妳早點說，我可以考慮早點把戒指拿出來啊！」

「閉嘴。」

他開始笑著在我脖子旁磨蹭，像以前那樣，就像這一切的爭吵和誤會沒有發生一樣，在我身旁笑著說：「妳是什麼時候開始想嫁給我的？十歲？十五歲？」

「閉嘴。」越來越過分了。

「妳現在是不是心情很好？是不是有一種飛上天的感覺？」

我氣得打算把戒指拿下來。

他馬上說：「拿下來就不能再戴上去了囉！」

我只好沒志氣地收手，但開始動手打他。

這個晚上，康尚昱被我打了四拳，捏了大腿內側八下，踢了他的屁股十下，喔！還有，他的耳朵被我擰紅了。

一切，又跟以前一樣了。

不，甚至更好。

我和康尚昱躺在床上，好像要把吵架那些日子裡沒講到的話全都彌補回來，我們聊著過去，聊著現在，再一起聊著我們的未來。

還有，我自己的未來。在那個大房子裡，有些愛在改變，而有些爭吵永遠不會改變，我不知道會變得如何，但我會變得更好，努力適應那些改變與未改變的，生活就是一場不停循環的變化，唯有適應，才能繼續走下去。

束縛著我那麼久的死結，隨著言語，奇蹟般漸漸解開了，我用更自由的靈魂和安定，回到了康尚昱的身邊，我不知道未來會如何，我只知道，這一次我會比誰都還要堅定，用力相信我自己，還有愛著我的康尚昱。

我們會是一對平凡的戀人，因為我們經歷了許多愛情裡都會有的問題。

我們會是一對平凡的戀人，因為我們相愛得如此膽戰心驚，不安且困惑。

牽手走過的那些挫折，在愛與堅持的面前，我們心甘情願成為一對平凡的戀人。

【全文完】

〔後記〕

愛如此特別

當我在寫這個故事時，我也想起了曾經進入我生命裡那一個特別的人。我開始想著：為什麼那時候信誓旦旦的我和他，最後仍然無疾而終？

當時，我真心覺得，一輩子根本就是小case。

我無法責怪當時天真的自己，因為那個時候我還好年輕，在這個世界裡不怕死地橫衝直撞。受點傷又有什麼大不了？但後來才發現，受傷的確沒有什麼大不了，好不好得了才是重點。

我們都天真地認為，這樣特別的愛情，就會與眾不同特別堅固。殊不知，在最平凡的我們面前，愛情總是比想像的容易倒塌，也許只是一個鼻涕、一個哈欠或一個屁，來懲罰我們的自以為是。

如果你很用心地談過一次戀愛，你就會發現，愛情裡面，只有「愛」這件事，是永遠都不夠的。

我們總是認為愛可以解決很多事，我們總是覺得愛可以抵抗各種難題，我們總是浪漫地想著：只要有愛，一輩子就不是問題。我們卻忘了，有多少次，我們是流著眼淚，離開那個我們仍然深愛的人。

其實，愛情，會因為平凡的我們而變得有問題。

因為溝通不良產生問題、因為信任不足產生問題、因為時間流逝產生問題、因為價值觀差異產生問題、因為習慣不同產生問題……不知不覺地，我們在愛情裡製造了一大堆問題，然後讓愛在這堆問題裡被淹沒。

愛何其無辜。

它在平凡的我們面前如此容易崩離，當初它曾美麗地被發生，當初它曾指天誓日地被保護，當初它曾被約定好不會消失，當初的那一切，隨著歲月的消耗，隨著我們的改變，愛不再特別，甚至就這麼不見了。

我只想說，所有美好的回憶都是被製造出來的，任何一段特別的愛情，都是被守護出來的，愛不會理所當然地停留在那裡，唯有你擁有它，唯有你珍惜它，唯有你捍衛它，它才能夠一直存在。

雪倫

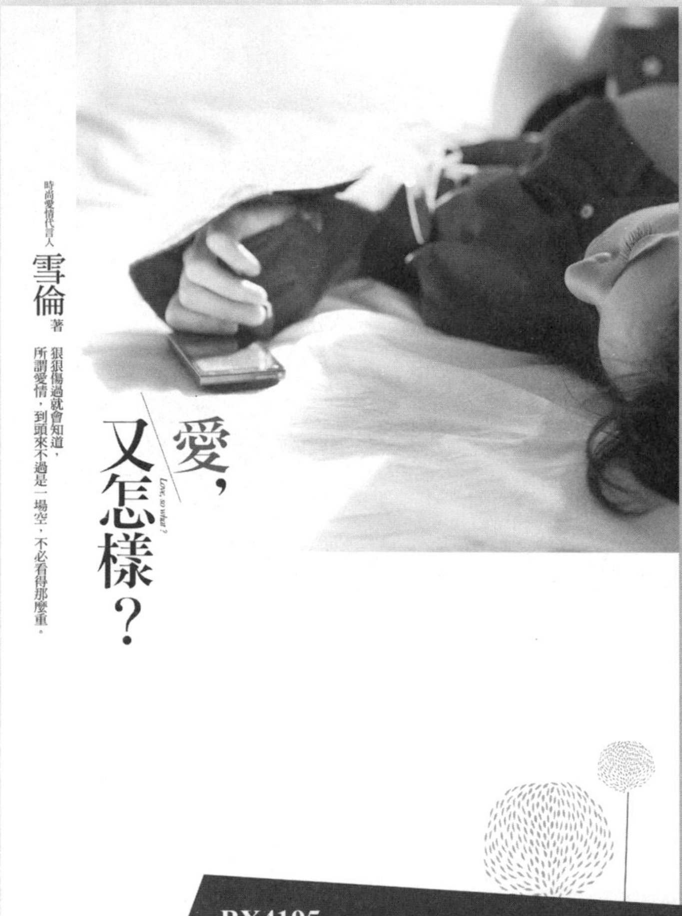

BX4195

愛，又怎樣？ / 定價200元

狠狠傷過就會知道，所謂愛情，
到頭來不過是一場空，不必看得那麼重。

一張床、一台電視、一個衣櫃、一張星球椅。
我的世界，只保留最低限度必要的一切，
連回憶都不需要擁有。
一個人生活，最多，也就負擔一人份的寂寞。

BX4186

這一刻，寂寞走了。 / 定價200元

「愛自己」是必要的，
被關心的溫暖卻不是自己能夠給自己的。

獨處的日子，時間似乎格外地難熬，
生活被孤單拉扯，心飄盪著，找不到落腳的地方。
我也盼望著愛情的到來，只是，我再也不知道自己還適不適合愛。

國家圖書館出版品預行編目資料

我等你，直到你懂我的孤寂／雪倫 著. -- 初版. -- 臺北市：商周出版：家庭傳媒城邦分公司發行, 2014.05
面；　公分. --（網路小說；231）
ISBN 978-986-272-591-7（平裝）

857.7　　103007329

我等你，直到你懂我的孤寂

作　　　者／雪倫
企畫選書人／楊如玉、陳思帆
責 任 編 輯／陳思帆

版　　　權／翁靜如
行 銷 業 務／李衍逸、黃崇華
總　編　輯／楊如玉
總　經　理／彭之琬
發　行　人／何飛鵬
法 律 顧 問／台英國際商務法律事務所　羅明通律師
出　　　版／商周出版
城邦文化事業股份有限公司
台北市民生東路二段 141 號 9 樓
電話：(02) 25007008　傳真：(02) 25007759
Blog：http://bwp25007008.pixnet.net/blog
E-mail：bwp.service@cite.com.tw
發　　　行／英屬蓋曼群島商家庭傳媒股份有限公司城邦分公司
台北市民生東路二段 141 號 2 樓
書虫客服服務專線：(02) 25007718、(02) 25007719
服務時間：週一至週五上午09:30-12:00；下午13:30-17:00
24 小時傳真專線：(02) 25001990、(02) 25001991
劃撥帳號：19863813；戶名：書虫股份有限公司
讀者服務信箱：service@readingclub.com.tw
城邦讀書花園：www.cite.com.tw
香港發行所／城邦（香港）出版集團有限公司
香港灣仔駱克道193號東超商業中心1樓
E-mail：hkcite@biznetvigator.com
電話：(852)25086231　傳真：(852) 25789337
馬新發行所／城邦（馬新）出版集團【Cité (M) Sdn. Bhd.】
41, Jalan Radin Anum, Bandar Baru Sri Petaling,
57000 Kuala Lumpur, Malaysia.
Tel: (603) 90578822　Fax:(603) 90576622
email:cite@cite.com.my

封 面 設 計／黃聖文
版 型 設 計／小題大作
排　　　版／新鑫電腦排版工作室
印　　　刷／高典印刷有限公司
總　經　銷／高見文化行銷股份有限公司
電話：(02) 26689005　傳真：(02) 26689790
客服專線：0800-055-365

■ 2014 年 4 月 29 日初版1刷
■ 2017 年 6 月 29 日初版5.5刷

Printed in Taiwan

定價200元

城邦讀書花園
www.cite.com.tw

　ISBN　978-986-272-591-7

商周出版

廣　告　回　函
北區郵政管理登記證
台北廣字第000791號
郵資已付，免貼郵票

104台北市民生東路二段141號2樓

英屬蓋曼群島商家庭傳媒股份有限公司　城邦分公司

請沿虛線對摺，謝謝！

商周出版

書號：BX4231　**書名：**我等你，直到你懂我的孤寂　**編碼：**

請於此處用膠水黏貼

商周出版

讀者回函卡

感謝您購買我們出版的書籍！請費心填寫此回函卡，我們將不定期寄上城邦集團最新的出版訊息。

不定期好禮相贈！
立即加入：商周出版
Facebook 粉絲團

姓名：＿＿＿＿＿＿＿＿＿＿＿＿＿＿＿＿＿＿＿＿ 性別：☐男 ☐女

生日：西元＿＿＿＿＿＿年＿＿＿＿＿＿月＿＿＿＿＿＿日

地址：＿＿＿＿＿＿＿＿＿＿＿＿＿＿＿＿＿＿＿＿＿＿＿＿

聯絡電話：＿＿＿＿＿＿＿＿＿＿＿＿ 傳真：＿＿＿＿＿＿＿＿＿＿

E-mail ：

學歷：☐ 1. 小學 ☐ 2. 國中 ☐ 3. 高中 ☐ 4. 大學 ☐ 5. 研究所以上

職業：☐ 1. 學生 ☐ 2. 軍公教 ☐ 3. 服務 ☐ 4. 金融 ☐ 5. 製造 ☐ 6. 資訊
☐ 7. 傳播 ☐ 8. 自由業 ☐ 9. 農漁牧 ☐ 10. 家管 ☐ 11. 退休
☐ 12. 其他＿＿＿＿＿＿＿＿＿＿＿＿＿＿＿＿＿＿＿＿

您從何種方式得知本書消息？

☐ 1. 書店 ☐ 2. 網路 ☐ 3. 報紙 ☐ 4. 雜誌 ☐ 5. 廣播 ☐ 6. 電視
☐ 7. 親友推薦 ☐ 8. 其他＿＿＿＿＿＿＿＿＿＿＿＿＿＿＿＿

您通常以何種方式購書？

☐ 1. 書店 ☐ 2. 網路 ☐ 3. 傳真訂購 ☐ 4. 郵局劃撥 ☐ 5. 其他＿＿＿＿

您喜歡閱讀那些類別的書籍？

☐ 1. 財經商業 ☐ 2. 自然科學 ☐ 3. 歷史 ☐ 4. 法律 ☐ 5. 文學
☐ 6. 休閒旅遊 ☐ 7. 小說 ☐ 8. 人物傳記 ☐ 9. 生活、勵志 ☐ 10. 其他

對我們的建議：＿＿＿＿＿＿＿＿＿＿＿＿＿＿＿＿＿＿＿＿＿＿＿＿
＿＿＿＿＿＿＿＿＿＿＿＿＿＿＿＿＿＿＿＿＿＿＿＿
＿＿＿＿＿＿＿＿＿＿＿＿＿＿＿＿＿＿＿＿＿＿＿＿

【為提供訂購、行銷、客戶管理或其他合於營業登記項目或章程所定業務之目的，城邦出版人集團（即英屬蓋曼群島商家庭傳媒（股）公司城邦分公司、城邦文化事業（股）公司），於本集團之營運期間及地區內，將以電郵、傳真、電話、簡訊、郵寄或其他公告方式利用您提供之資料（資料類別：C001、C002、C003、C011 等）。利用對象除本集團外，亦可能包括相關服務的協力機構。如您有依個資法第三條或其他需服務之處，得致電本公司客服中心電話 02-25007718 請求協助。相關資料如為非必要項目，不提供亦不影響您的權益。】

1.C001 辨識個人者：如消費者之姓名、地址、電話、電子郵件等資訊。
2.C002 辨識財務者：如信用卡或轉帳帳戶資訊。
3.C003 政府資料中之辨識者：如身分證字號或護照號碼（外國人）。
4.C011 個人描述：如性別、國籍、出生年月日。

請於此處用膠水黏貼